ちくま文庫

ジンセイハ、オンガクデアル

LIFE IS MUSIC

ブレイディみかこ

筑摩書房

目次

第1章　「底辺託児所」シリーズ誕生

第2章　映画評・書評・アルバム評

ジンセイハ、オンガクデアル

LIFE IS MUSIC

写真撮影　著者

文庫版まえがき

「『ぼくはイエローでホワイトで、ちょっとブルー』がデビュー作ですよね」

最近、よくそう聞かれることがあります。

「いやいやいや、じつはあれは十一冊目の本だったんですよ」

と答えると、みなさん一様に驚いたような顔をなさいます。

「いったいどこにいらしたんですか？」

と不思議そうに聞いてこられる方すらいらっしゃるので、わたしは心の中で毒づきます。

いやいやいや、わたしはずっとここに存在してましたし、人知れず地道にコツコツといろいろなものを書いておったのですよ。

この本はそれら地道な十冊のうち、二冊目に出た単行本が母体になっています。

その単行本は、『アナキズム・イン・ザ・UK 壊れた英国とパンク保育士奮闘記』というタイトルで二〇一三年に出版されました。当初、この本はその純然たる文庫化になるはずだったのですが、単行本が出た後にも音楽サイト ele-king で『アナキズム・イン・ザ・UK』の連載は続いていましたからそれも入れたいですね……、実は同サイトの雑誌版用に書いた未収録原稿もあるんですよ……、わたしが個人ブログに書いた文章にも未収録のものがいくつかあるんですけど……、とか言って次から次に原稿を引っ張り出して来るうち、気がついたら夥《おびただ》しい分量になっていました。

こりゃいくらなんでも多すぎるから捨てるべきものは思い切って捨てましょう、と取捨選択に励んだのでありますが、それでも一冊ではとても収まり切れない量になってしまったので、ついに文庫本を二冊に分けることになりました。

で、一冊目となる本書は『ジンセイハ、オンガクデアル LIFE IS MUSIC』。

エッセイ的なものと、本、映画、アルバムのレヴューが収録されています。

第一章には、拙著『子どもたちの階級闘争』の前日譚というか、あの本には入っていない原稿たちが収録されました。

第二章は前述のとおり各種批評集になっていて、ミュージシャンの追悼文などもあります。

ヒットした本が一冊あると、それ以前にやってきたことはすべてぶっ飛んでしまうようにも見えますが、いやいやいや、自分で言うのもなんですが、むかしの文章はいまより遥かにヤバげなことをさらっと書いていて、寧《むし》ろむせ返るほど「わたし色」が濃かった気がします。
わたし自身、時々むせましたが、それでも原稿整理作業は個人的にたいへんおもしろいものになりました。ご縁あってこの本を手に取ってくださったあなたが、わたしと同じぐらいこれらの文章を楽しんでくださいますように。

追記：二冊目の『オンガクハ、セイジデアル　MUSIC IS POLITICS』も近刊予定である。むかしのわたしは「政治と音楽」について書くのがそうとう好きだったらしく、そうしたコラムやエッセイが大量に発見されましたので、まとめて二冊目に収録されています。

序　そしてUKはほんとうにアナキーになった

〝アナキー・イン・ザ・UK〟というセックス・ピストルズの楽曲がある。

この曲で謳われているアナキーという言葉の意味を考えるとき、誰しも最初に思いつくのは政治的なコンテクストのものだろう。無政府状態。というやつである。が、実際に英国で暮らしてみて気づいたのは、この国の政府は、日本人のわたしなどは驚くほど強大な力を持っているということである。

たとえば、英国には財務相が当該年度の予算を国会で発表する「バジェット」と呼ばれる日がある。で、その日になると財務相が「本日、午後六時から煙草の値段を四十ペンス値上げします」などと唐突に発表するのであり、それをテレビの国会中継、またはニュース速報などで知った喫煙者が一斉に煙草屋に向かって走るという現象がある。かくいうわたしも喫煙者だったので、バジェット当日の街の光景はよく覚えている。貧民街では国会中継を見ている人は少ないが、それを見て煙草屋に向かう途上の人が、道端で煙草を吸っているティーンエイジャーやおっさんやシングルマザーたちに、「おい、六時から煙草の値段が四十ペンス上がるぞ」と声をかけるのである。すると、「えっ、マジ」、「家に帰って金取ってくるから、ちょっと子供の面倒見てて」、「隣家のばあちゃんにも教えて来よう」とストリートの人びとが連動&協力し、一丸となって煙草屋を目指すというコミュニティ・スピリッツが見られる日でもあった。

わたしは一九九六年に日本を追ん出て来た人間なので、その後のことは知らないが、わたしが知っている祖国では、政府の力というのは何かもやもやとしていて、いったい何をしているのかということが見えにくく、「数時間後に独断的に値上げ」というような目に見える変化を直ちにもたらすことはなかった。UKが、何かと暴力的なライオットが起こりやすいお国柄であるのも、なんだかんだ言ってもいまだに切実な支配力を持つ敵が明確にそこにいるからなのかもしれない。

一方で、アナキーという言葉には、ポリティカルではない方の意味もある。一般的なカオスや無秩序。というやつである。この意味でのアナキーなら、現代の英国社会の一部に蔓延している。

九〇年代後半、「クール・ブリタニア」という言葉で希望の時代を演出しようとしたトニー・ブレアの労働党政権が、まるで臭いものに蓋をするかのようにアンダークラス（英国のマスコミは働かずして生きる階級のことを〝ベネフィット（生活保護）・クラス〟ではなく〝アンダークラス〟と呼ぶことに決めたようだ。ワーキングクラスを最下層とする既存の階級よりもさらに下に位置するということで〝アンダー〟らしい。ある意味〝ベネフィット・クラス〟と呼ぶより差別的だ）と呼ばれる層を生活保護で養い続けたため、この層は膨張し、増殖して大きな社会問題になった。この状態を「ブロークン・ブリテン」と呼び、英国は伝統的な保守党の価値観に立ち返るべきだと主張したのが現英国首相のデイヴィッド・キャメロンだ。以来、この言葉は、児童虐待や養育放棄、十代のシングルマザーの急増、飲酒、ドラッグ、暴力、ティーンエイジ・ギャング、ナイフ犯罪などの荒廃した社会の問題を総括的に表現する用語になる。

わたしは貧民街在住の人間なので、所謂ブロークン・ブリテンの世界で暮らしていることになるが、「壊れた英国」と支配者たちが呼ぶ世界には、ホワイト・トラッシュ（白人低所得者層への蔑称）と呼ばれる親子代々の生活保護受給家庭や、貧しい移民家庭や、自らの主義主張のために働くことを拒否し続ける生粋のアナキスト家庭もある。さまざまの人びとが、さまざまな考え方（または全然考えない）や美意識（またはそんなものにファック・オフをかます）に基づき、さまざまなライフスタイルをもって暮らしている。

働かずに生活保護を貰うことが生きる選択肢として堂々と存在する世界では、そうではない世界のモラルや価値観とは異なったものが生まれるのは当然だろうし、他国の人間がどんどん侵入してきて街を占領していく社会では、宗教観も善悪の基準も美意識も多様化し、「たったひとつの本当のこと」という拠り所はどこにも存在しなくなる。

そこでは、自らを統治するのは自らだ。

そこにある自由は、ロマンティックな革命によって勝ち取った自由ではなく、済《な》し崩し的にフレームワークが壊れた後の残骸にも似た自由。

「アナキー・フォー・ザ・UK

それはいつか、たぶんやって来る」

一九七七年にジョニー・ロットンはそう歌った。

今思えば、これはある種の予言だったのかと思う。DESTROYというのもセックス・ピストルズのスローガンだったが、それも立派に成就されたのではないか。

どうりでブロークン・ブリテンなどと呼ばれている筈である。

アナキー・フォー・ザ・UK

それは予言どおりに、いつの間にかやって来た。

UKは、伊達やパンクではなく、ほんとうにアナキーになってしまったのである。

VENIENCE STORE
open till late

第1章　「底辺託児所」シリーズ誕生

フレンチ・ブランデー

今さらこのようなことを宣言してどうなるものでもないが、わたしは酒飲みである。たとえば、こうして年の瀬にあたり、この一年の自分の生活を振り返ってみても、一滴もアルコールを口にしなかった日はなかった。毎日何がしかの酒を飲んでいる。酒飲みの女を表現するのに、巷ではキッチン・ドリンカーという言葉なども使われているようだが、わたしはそのようなコソコソした飲み方はしない。リビングルーム・ドリンカーで、堂々とかましたる。自分の稼いだ金で自分で飲んどるのじゃ。それをとやかく言うような度量の狭い男やったら、最初っからいらんわ、荷物まとめて出て行け、このバカタレが。ういーっ。がらららら。ばりばりばりばり。がっしゃーん。などと飲んだくれている姿は、よく考えてみれば肉体労働者の親父が晩酌していた姿とそっくりであり、血は争えないものであるなあ。と歳を取るにつれ感心及び寒心することもしばしばである。

　そんなこんなで、毎日飲んでいるくせにどうしたって身分は貧民だから、当然安酒を飲むことになる。ビールでは酔いがなかなか回らないので割高になるし、多量の水分を摂取すると夜中に何度も放尿せねばならなくなるので具合が宜しくない。ワインのボトルは一晩で終わるので味気ない。ウィスキーが一番ええんやけども、高いし。ってなわけで、行きつけのスーパーで、一番安くて耐久力のありそうな酒をリサーチした結果、六ポンド二十三ペンス（現在のレートで千二百円程度）の「ＡＳＤＡフレンチ・ブランデー」という、いかにも質実剛健って感じの怪しげなボトルを発見。だが、よく見てみると、これがベストセラーらしく、凄まじい人気で、棚に二本しか残っていない。

　ほらね。毎日晩酌してるのはわたしだけじゃないのよ。ホリデイで地中海沿岸から持ち帰ってきた歯みがきみたいな味のするスピリッツとか、週末にフランスに行って買いだめしてきた安酒とか、そういうのが切れたら、みんなここで「ＡＳＤＡフレンチ・ブランデー」を買ってるのに違いないわ。もしかしたら、料理に使ってる主婦とかもいるかもしれないけど。

　なんてことを考えながら、はっしと二本のフレンチ・ブランデーを摑み、それ以外にも安いワインやジンなんかを見繕って、五本のボトルで重くなった籠を下げてレジに向かう。でも、ごろごろボトルばっかり並べたら、レジの姉ちゃんにアル中と思われちゃうかしら。と、ふと気持ちがひるんだので、申し訳程度にバナナとピーナッツを籠の中に突っ込んでおいた。

だが。チェックアウト・カウンターには、もっとツワモノがいたのである。

わたしの前に並んでいる兄ちゃんが、くだんのフレンチ・ブランデーを買い占めている。六本も。それに加えてスミノフのウォッカ二本。ひゃー。こりゃいくらなんでもパーティかいな。と思ったが、パーティの来客に、いくらなんでもこのフレンチ・ブランデーを出す奴はいないだろう。こりゃどう考えても、調理用か貧民晩酌用の極下酒である。

こんな二十歳そこそこの兄ちゃんが、何が嬉しくてこのような酒を購入しているのであろうか。普通ならラガービールの缶。とか、冷えた白ワイン。とか、なんかもっと爽やかで若者らしいアルコールの選択もあるだろうに、このような極下酒を大量に飲もうなんて、まるでアル中のオヤジじゃないか。忘れてしまいたいことやどうしようもない寂しさに包まれた時に男は酒を飲むのでしょう。と河島英五は歌っとるけれども、その若さで、何があったのかは知らんが、無茶するなよ、危ないから。

なんてことを思いながら、レジの姉ちゃんに一本一本酒のバーコードを機械で読み取らせては、ボトルをビニール袋に詰めていく兄ちゃんの姿を見つめていると、なにげに兄ちゃんが顔を上げたので、目が合ってしまった。にっこり。と、こちらに、笑いかけてくる。

わたしの前にごろごろ転がっているボトルを見て、親近感を抱かれたのだろうか。と思い、わたしも、にっこり。といった按配で、笑い返したのはいいんだけれども、どうもその兄ちゃんの顔に見覚えがある。

誰だろう。誰だったんだろう。何処かで見た顔。いったい誰なんだ、あの睫毛《まつげ》が長くてえくぼの深い、キューピーちゃんみたいな顔した金髪の青年は。と、悶々と考えながら、酒のボトルの入ったビニール袋を両手にさげてスーパーの外に出た瞬間、わたしは不意に思い出したのである。

あれは、任地から帰って来たばかりの、近所の家の息子だった。

あの気弱そうな笑顔の英国軍人の青年は、先週までイラクに駐留していたのである。

スーパーの外は、もうとっぷり日が暮れていた。

もうすぐクリスマスがやってくる。

（初出：a grumpy old woman　二〇〇四年十二月七日）

Life Is A Piece Of Shit——人生は一片のクソ

英国人民ピラミッド最底辺およびその周辺構成員をサポートする慈善団体でわたしがボランティアとして働きはじめてから、約半年の月日が過ぎんとしている。

当該団体はブライトンに拠点施設を構えており、そこでコンピュータ、アートなどのコースを失業者&低額所得者に無料提供しながら、住居および生活必需品の提供、政府各種補助金受給に関するアドバイスなどを行っている。

この施設には付設託児所もあり、コースを受けに来る人びとや明日の塒《ねぐら》も不確定な人びと、所得が低過ぎ子どもを保育所や幼稚園に預けることが出来ない人びとなどの子どもたちを預かっており、責任者と責任者代理を除けば、スタッフ全員がボランティアだ。

わたしがこの託児所で働くことになった時、そもそも居住しているのがあまりガラのよろしくない地域だったのでこの世界の匂いには何ら抵抗を感じなかったが、五歳以下の底辺幼児に囲まれた経験は皆無だったため、最初は三分毎にこめかみが決壊しそうになり、それを堪える度に頭部に血が溜まってわんわんしてこのまま脳がぶち割れて絶命するのではないかと思ったことも一度や二度ではなかった。

「やっぱこういう仕事はわたしには向かないと思いますので、辞めます。そもそも、子どもなんて大嫌いですし」

と言ったわたしに、託児所の責任者は答えた。

「あなたのような人は、うちのような託児所には向いているわ。だって、あなたは子どもというものに対して全然夢を抱いていないんですもの」

還暦を迎えたアニー・レノックス。といった感じの風貌の責任者は穏やかに微笑している。

「騙されたと思って、もう少しやってごらんなさい」

何かうまいことを言われて、本当に騙されてもう少し、もう少し、とずるずると辞めるタイミングを逃しているうちに春が来て夏になり、その夏も終わった。

見渡せば、相変わらず託児所内部では幼児たちがノー・フューチャーな光景を繰り広げている。

ようやく立てるようになった赤ん坊の両足を思い切り踏んではぎゃあぎゃあ泣かせ、「なんでそんなことをするの?」と尋ねたら、「俺のすることに理由はない」「理由のないことをするのは楽しい」などとアナキーなことを答え、いきなりわたしの髪を引っ摑んで十本ほど根こそぎ抜いていきやがった四歳の凶暴児ジェイク。

椅子の背中に紐をくりつけて赤ん坊の人形を逆さに吊るし、それをめがけて玩具のナイフを連投しながら「醜い禿頭の小人は永遠に地獄で殺され続けるのだ」などと呟きつつ、完全にイッてる目つきでへらへら笑っている戦慄のゴシック・トドラー、レオ（五歳）。

「Ｔｈａｎｋ　ｙｏｕ」と言ってごらん」「ＦＵＣＫ」「スナックの前は手を洗おう」「ＦＵＣＫ」「みんなとお絵かきしよっか」「ＦＵＣＫ」「オムツからうんこはみ出てるよ」「ＦＵＣＫ」と暗い目をして世のすべてのものを否定する一歳の反逆児デイジー。

子どもの前には無限の希望と可能性が広がっている。なんて一般論は大ウソである。英国では生まれた時から生きてゆく階級というものが決まっている。そこから這い上がっていけるのは能力と意志力に恵まれた一部のアンビシャスな子どもたちだけで、大半は有限の希望と閉ざされた可能性の中で成長し、親と同じ階級の大人になっていくのだ。という殺伐とした現実がここにいると嫌というほどわかる。

そんな過日。

アル中で無職の父親とふたりだけで自宅に置いておくのは危険だというので某託児所に連れて来られている四歳のルークが、茶色い粘土で熱心に〝ドラゴンのうんこ〟を製作していた。

茶色の粘土が用意されているのは、それを地面に見立て、その上に動物や植物の玩具を置いたりなんかして自分なりの牧場を作ってみよう。というプリティな意図に基づいているからなのに、茶色いからといって安直に排泄物を製作しようとは、いかにも子どもらしい猿じみた発想だな。ふん。と思って見ているとルークが言った。

「うちの父ちゃんがいつも言ってる。人生はうんこなんだって」

「へっ？」

「Life is a piece of shit」

Life's a piece of shit, when you look at it.

モンティ・パイソンの〝Always Look On The Bright Side of Life〟の歌詞の一部がふと脳裏に浮かんだ。

「そういう歌で終わる映画があるよ。あんたの父ちゃんも、絶対見たことあると思う」

「ふーん。人生って、本当にうんこなの？」

「まあね」

「ドラゴンのうんこより大きい？」

「ルークの父ちゃんやわたしのは、大きいかもね。大人になりゃなるほど人生と呼ばれるクソは大きくなるから」

「僕のも大きくなる？」

「うん、なるよ。間違いない」

ルークはテーブルの上にあった全ての粘土を集めて自分の頭ぐらいの大きさもあるドラゴンの糞を製作した。

「これは何？」

と尋ねる白髪のアニー・レノックスに得意げな顔で答えている。

「ドラゴンの人生」

「はあ？」

その瞬間、戦慄のゴシック・トドラーことレオがドラゴンの糞にペンをぐっさりと突き刺し、「腐った人間の脳に聖なる矢の拷問を」か何かまたダンテの影響を受けたのかと訝りたくなるようなことを言っていると思えば、部屋の隅では凶暴児ジェイクがデイジーの髪を引っ張って転倒させ、床に倒れたデイジーはデイジーで「FUC

K！　ぎゃあああああああ、FUCK！　うぎゃああああああ、FUCK！　FUCK！」と下品な号泣を聞かせている。

まったくもってこのガキどもにはミゼラブルさの欠片《かけら》もない。どんなに未来が有限だろうが可能性が閉ざされていようが、いつ如何なる時にも頼もしいほど邪悪で、暴力的で、反抗的である。

「人の髪を引っ張るのはやめなさい」「何で？」「痛いでしょ、引っ張られた方が」「他人が痛がることは楽しい」「でも赤ちゃんが怪我したらどうするの」「禿頭の小人は永遠の闇の中で罪の痛みにもがき続ける」「FUCK！　FUCK！」「あっ。デイジー、……FUCKはいいけどあんた背中に下痢便が出て来てんじゃん、くっさーい」「禿頭の小人は悪臭漂う地獄の池で永遠に死に続ける」「デイジーおいで、オムツ替えに行こう」「FUCK！　FUCK！　FUCK YOU！」

底辺託児所のガキどもは、今日もどうしようもなくノー・フューチャーで、一片のクソの如き人生と向かい合い、受け入れ、消化しようとしている。そんな彼らに、わたしは最大のリスペクトを払うものである。

（初出：THE BRADY BLOG　二〇〇八年八月二十七日）

子ども。という名の不都合

ちょっと前からうちの坊主が保育園デビューを果たしている。毎日通わせられるほどの収入が母親にないのでイレギュラーな形での参加だが、彼は一歳児グループの責任者であるところの別嬪な先生がお気に入りで喜んで通ってくれていた。が、今朝だけはわたしが去ろうとすると大泣きする。というのも、今日はくだんの責任者の姿が見えず、仏頂面で「Am I bothered?」（メディアンのキャサリン・テイトがBBCの番組「ザ・キャサリン・テイト・ショー」で反抗的なティーンに扮し、大流行させた言葉）系の研修生しかいない。子どもとは正直なもので、坊主は彼女が嫌いらしい。とはいえ、それが人生というやつなんだよ、坊主。ライフってやつには、嫌な奴と一緒に時間を過ごさなきゃいけないことのほうが多いんだ。

それに、研修生だけで子どもたちの面倒を見るということもないだろうから、責任者は遅刻してる、とかそういう事情なんだろう。と思いつつ、泣き叫ぶ子どもを残してわたしは保育園を去った。今朝の用件は、クライアント激減・廃業寸前のわたしの未来がかかっている。と思うほど重要なものであり、数週間前から今日のこの日のために地道に準備を進めてきたのだ。まだちょっと時間があるので、最後の詰めとして書類に目を通しながらカフェでコーヒーを飲んでいると、急に携帯が鳴る。

「もしもし、保育園のクレアですが。○○くんが耳感染にかかっているようで、耳だれが凄くて、肩の上にポタポタ落ちています。この状態では園ではお預かりできませんので、今すぐ迎えに来てもらえませんか」

例の研修生の姉ちゃんがいかにも面倒くさそうな調子で言った。

「今すぐ、ですか？」

「ええ。他の子たちの衛生上よくないですから。垂れてるんですよ、耳だれがポタポタと」

よりにもよってこんな日に。

と頭の中が一瞬真っ白になるが、ふと我に帰って気がつく。そう。よりにもよってこんな日に限って一番困った状況を作り出しやがるのが子どもという（F）クリーチャーなのである。

「……迎えに行きます。そこからは少し離れた場所にいるしバスの時間もあるので、三十分程度かかると思いますが」

そう言ってわたしは電話を切った。

うちの場合はわたしがひとりで子育てしているので、こんな時に連合いのヘルプは一切期待できず、頼りになる家族なんかもいない。仕方が無い。と覚悟をきめて、わたしは先様に電話をかけて仕事をぶっちぎることにした。

「子どもが病気で」と真実を語っているのにそれが妙に自分でも白々しく聞こえ、英語を喋りながらぺこぺこ頭を下げている卑屈な己の姿がカフェの鏡に映っている。むかし企業というところで仕事をしていた頃には、わたしだって「子どもが病気」などという理由で仕事をドタキャンする女性外注業者のことを、救いようの無い人々だと思っていた。

仕事の枯渇。廃業。失業。無収入。借金。地獄。取立て。逃亡。といった暗い言葉ばかりが頭に浮かび、そういうことになって最終的には親子心中するぐらいだったら、別にいいんじゃないの、たかが耳だれぐらい。と放っておきたい気にもなるが、やはりそういうわけにはいかないのが世間のしがらみというやつである。

いきおいカフェの外に出ればいつの間にか豪雨が地面をたたきつけていた。わたしは服を着たままブライトン・ビーチで泳いだ酔っ払いのようにぐしょ濡れになって（この比喩はわたしのオリジナルではない。バスの運ちゃんに言われた言葉である）、バス停へと急いだ。

園に到着し一歳児の子どもたちの部屋に入ってみれば、坊主はちょこんと椅子に座って水を飲んでいる。責任者の姿は見当たらない。今日は研修生の姉ちゃんひとりで三人の一歳児の面倒を見ているのだ。いいのか？　それって。監視機関のOFSTEDにタレこんだるぞ。と思いながら研修生の方を一瞥すると、彼女はそこはかとなくおどおどした態度で、

「あなたが帰ってからずっと泣き続けて、落ち着かせるまでに時間がかかりました。今ようやく落ち着いていますが、左の耳を見てください。マネージャーに相談したら、これはうちでは預かれないと言われました」とべらべら喋り出す。

坊主の左耳を見て、わたしは言葉を失った。

そのポタポタ垂れるほどの大量の耳だれ、というか要するに膿《うみ》を、ずっとそのまま放置してある。だから坊主の耳は膿で一杯になっていて、耳たぶにもその液体は溢れ、だらだらと流れ落ちるに任せて肩の上にまで黄色っぽい透明な雫が溜まっている。

「わざとそのままにしているんです。どのような状態でうちでは預かれないと言っているか、証拠としてあなたに見せなさいとマネージャーが言うので」と、研修生が言う。

上司に言われたことをそのままクライアントに伝えている研修生は稀に見るバカタ

レだが、マネージャーの判断はビジネス的には正しい。なぜなら、親は前もって保育園の支払いを済ませており、病気で帰されることになっても返金はされず、しかも、保育園に小さな子どもを預けている親は仕事などの用があって預けている場合が多いので、保育園が今日は預かれないなどと言うと、逆上する親だっているだろう（今朝電話をもらった時のわたしは、逆上を通り越して将来を悲観し、絶望していたが）。だから、子どもを預かれない証拠を残しておいて親に見せるというのは、保育園側の自衛策として正解である。

だが、その時、耳だれが耳内部に満ちたままで放置され、耳たぶ、首、周辺の髪、肩付近の衣類といったものががびがびになってもほったらかされて、非常に不愉快な思いをさせられている子どもの人権というものはどうなるのであろうか。

子どもとは、大人にとっては〝不都合〟である。どんなにきれいごとを並べても、彼らにそういう側面があるのは事実だ。育児を本業として配偶者という雇用主に雇われている人びとならそうでもないかもしれないが、金をくれる雇用主が配偶者以外の人間であり、育児以外にも仕事を持っている人なら誰でも、子どもを〝不都合〟だと思う瞬間は断続的にあるはずだ。

しかし、今朝のように剝き出しの形で、その〝不都合〟の擦り付け合いを見ると気持ちがずっしり沈下する。

働く親に〝不都合〟と見なされ、「妙な病気持ってそうだから」と保育園にも〝不都合〟とみなされた子ども。そしてその〝不都合〟具合を証明するために使われた耳だれ。小さな耳からぼたぼた零れ落ち、坊主のセーターの上に汚らしい黄色い染みを形成している耳だれ。

わたしは自分のバッグの中からウェットティッシュを取り出して坊主の耳を拭いた。

「ここに捨ててもいいの？」

とゴミ箱を指さすと研修生は「捨てていい」と言うが、他の子どもたちの衛生を考えるというのなら捨てさせたらいかんだろう、こんな蓋もなく背も低いゴミ箱に、耳だれまみれのティッシュを。と思いつつわたしはティッシュを自分のバッグに入れた。

坊主をバギーにのせて保育園を出ると、先ほどまでの豪雨は勢いを失っている。

仕事の枯渇。廃業。失業。無収入。借金。地獄。取立て。逃亡。

陰気な気分でバギーを押していると、「ひゃあああああ、きゃあああああ、ふりゃあああああ」と前方から烈しい雄叫びが聞こえるのでどうしたことかとバギーの中を覗いてみれば、坊主が満面の笑顔でこちらを見上げていた。

（初出：THE BRADY BLOG　二〇〇八年三月十三日）

人が死ぬ

今年に入ってからやたらと人が死ぬ。なんだか週末になる度に黒い服を着ているようだ。

亡くなっているのはすべて連合いの友人たちである。うちの連合いはわたしより九歳年上なので五十代。そろそろ死ぬ年頃なんだろう。過去にわたしの雑文に登場したことのある人なんかも亡くなっている。いくら英国は日本のような長寿国ではないとはいえ、こうも次々と人がいなくなると、残された者の気持ちは揺れるようだ。

連合いは自らのライフ全般がSHIT、即ちクソに思えると言う。住んでいる家もクソなら仕事もクソ、わたしや子どもといった家族もクソ、あまりに何もかもがクソなのでこのままで自分の人生が終わるのかと思うと全身全霊で嫌気がさすらしく、本当にそう言いながら鳥肌をたてている。

またいつもの鬱かな。と思っていたが、今回のは妙に長い。

死にたくなる。というような衝動は彼にはないようなので、そのうちポール・ゴーギャンのように出奔でもするのかなと思って見ているが、今のところは毎日帰宅している。

もともと責任とか家庭とかいったものが滅法苦手であり、放浪癖のある人だということを知ってて一緒になったので、そういうことになったとしてもわたしはあまり驚かないし、今にもバックパックを背負って出ていきそうな気配のある昨今ではなおさらのことだ。

ミッドライフ・クライシス。というやつは、四十歳で訪れる人と五十歳で訪れる人とあるようだが、肉体や容貌の衰えから来る四十代のクライシスと、まわりが死に出してふと自分の人生に思い当たる五十代のクライシスとでは、その質がかなり違うように思える。

かくいうわたしはまだそういう危機は経験したことがないように思えるが、生き死にの問題で言うなら、坊主を出産する前は、もう死んでもいいと思っていた。と書くとえらくネガティヴな感じだが、そういう劇的な心情ではない。これまでやりたい放題やってきたから。というか、行きたいところに行って飲みたいだけ飲んで好き勝手に生きてきたので、とくにやり残したと思うことはなかったのである。今後生きていっても、老いや年金問題などで人生下り坂になる一方だし、それなら別に今死んでも構わないなー。ぐらいの気持ちだったのである。

が、坊主を産んでからはそう思わなくなった。

子どもなどというものは親があろうとなかろうと育つもんではあるが、この国の施設に預けられた子どもたちが精神的・肉体的虐待を受けた話などを聞けば、あんまり自分の子どもにはそういう目にはあわせたくないと思うし、できれば自分の手と金で大人にしてやりたいと思う。

そう考えればわたしの場合は出産でミッドライフ・クライシスを乗り切ったのかもしれず、連合いの場合は〝子どもの誕生〟よりも〝友人の死〟の方が切実であり、重大であるということなのだ。そういえば以前、ブライトンのゲイ街でパブを経営しているランドレイディ《おかみ》(でも本当はランドロード)が、〝男と死〟というテーマについて熱弁していたことがある。

「男って生き物はさー、死ぬってことをやたら大変なことだと考えているのよね。だから死ぬ前にこれだけは成し遂げたい、とか、死後も何かを残したい、とか、いろいろ力んで考え込んじゃうの。死後に何かを残す、なんて、ねえ。アタシなんか絶対考えられない。生きてるってだけでもこんなに恥ずかしいことなのに、死んでまで何を残そうっていうのかしら。自分がいなくなった後まで自分に関係する何かがこの世に残ると思ったらゾッとする。人間なんて、恥を晒して生き永らえて、死ぬ時が来たらきれいさっぱりいなくなりゃいいのよ。それだけのことなのよ」

いやほんとうに、それだけのことだとわたしも思う。

（初出：THE BRADY BLOG 二〇〇八年四月十二日）

愛の減少感。預金残高も減少しているが

新学期から底辺託児所で働く日が一日増大することになり、ああ嫌だ嫌だ、いったいぜんたいどうしてこんなことになってしまったのだろう。そもそもこんな所で何をしているんだろう、わたしは。と陰気な気分で砂場に腰掛けていると、戦慄の幼児として有名なレオが、小型乳母車玩具の備品であるところのベイビー人形の胴体から首や手足を引きぬいてバラバラにし、彼が言うところの〝地獄の解体作業〟に熱中している。

「あんた何でそんなにバラバラにするの。かわいそうじゃん、ベイビーが」

軽い気持ちで言葉をかけると、

「醜く低能な小人は神の手によって解体されるのだ」

と相手は例によって重厚な台詞を吐きながら、バラバラ死体状になった人形の各部分をさまざまなアングルに並べたりしはじめ、ほお。そこはかとなくハンス・ベルメールみたいじゃん。と思いつつ眺めていると、今度はそれらを砂に埋めて胸元で十字

を切り、「醜い禿頭の小人は永遠に封印された」とへらへら薄気味悪い微笑を浮かべている。

いい意味で言えば個性豊か、悪い意味で言えば無茶苦茶なガキの多い底辺託児所でも彼の個性はひときわ強烈なので、わたしはアニー（・レノックス似の責任者）に訊いてみたことがある。

「レオの、異様なほどのベイビー人形への執着って、ありゃいったい何なのでしょう」

「それはね、彼の父親の家庭に、赤ん坊が生まれたからなのよ」

「っつうと、レオの母親と別れた父親が新たな家庭を築いて、そこに子どもが生まれたということでしょうか」

「いや、事態はもう少し複雑でね」

と前置きしてからアニーは説明をはじめた。

レオは、そもそもゲイ・カップルの子どもとして生まれた（と言っても生まれるわけがないので、当然どこかの女性の卵子と母体を借りてのＩＶＦ（体外受精）出産だったのだろうが）。しかし、レオの父母、ならぬ父父は二年前に破局した。その破局の原因というのも、レオの父親のひとりが女性と恋に落ちてしまい、もうゲイはやめてヘテロになることにします、という人生の大改革を行ったからだそうで、彼は同性のパートナーを捨てて当該女性と一緒になり、昨年赤ん坊も生まれたという。

今でもレオと暮らしているもうひとりの父親の方は、パートナーとの破局以降精神的落ち込みが著しく、デザイナーの仕事も手につかなくなって酒に溺れるようになったが、今は底辺託児所のある慈善施設でアートコースの講師としてボランティアをしており、生活の立て直しを図っている。

UKのゲイ・キャピタルと呼ばれるブライトンに住む子どもらしいエピソードではあるが、ぞっとするほど色白で美形の、それゆえ気色の悪さも倍増するゴシック児レオは、こういった事情で赤ん坊に対して執拗なまでの悪意を示していたのである。

愛の減少感。

堕天使ルシファーが、神を裏切った理由はそれだったのよ。

二十年ほど前、新宿でカルト団体のマーケティング部員に話しかけられて合宿セミナーに参加してしまった友人が、遠い眼をしてそんなことを語っていたことがあったが、レオが赤ん坊に制裁を加えずにはいられない理由も、まあそういったことのようである。

「愛が、減少しているように感じるのかな、君は」

二日酔いでボランティア仕事に出かけた朝、わたしはなにげなくレオに訊いてみた。

「愛は、常に減少を続け、死に絶える」

「そんなこたあない。増大することもあるよ」

「愛とは、常に減少を続けるだけなのだ」

「違うよ。どうすれば増大するか教えてあげよっか」

わたしは酔った勢いでレオの頬にキッス地獄の聖なる洗礼を与えてやった。

「やめろ。やめろってば」

レオは顔をしかめ、手足をばたばたさせてもがき苦しんでいる。

ポリスに見られたら幼児性愛者として投獄されても仕方のない強引さでわたしはぎゅうぎゅうに彼をハグした。

「やめろ。やめろよ、このクソったれの雌牛があ！」

いつものゴシック調の言葉が消え、子どもらしい（あくまでも底辺託児所の子どもらしさという意味で）表現が出てきた。

「愛が増大したでしょ？」

「してねえよ。気色悪いだけで」

レオはわたしの手を振り払い、部屋の隅まで走っていって、怒りと恨みと憎しみが混じり合ったような、なんとも言えない表情でこちらを睨みつけている。

「くふふ。あんたの弱点がわかったよ。キス&ハグ地獄だな」

「俺はあんたが大嫌いだ」

「わたしはあんたが大好きだけどな」

「俺はあんたが大嫌いだ」

「関係ないもん、そんなの。あんたのこと好きなのはわたしなんだから」

前夜(というより当日の朝)まで飲んでいた酒の効用で饒舌になっているわたしは、五歳児を相手に愛の告白を続けている。

レオは「このキチガイばばあ!」とわたしの愛を全面的に拒絶し、しまいには昼寝部屋であるところの別室に行ったきり戻って来なくなった。


愛が減少するのは、大人だって悲しい。

ゲイだストレートだ人生の大改革だというような大人の事情とは何ら関わりのない子どもにとり、新しい家庭に赤ん坊が生まれた途端会ってくれなくなった父親の行動は、どれほどの愛の減少感につながっているだろう。

が、そんな減少感などというものはほんの序の口なのだ。大人になればもっと深刻に減少するものが出てくる。預金残高、冷蔵庫の中の食料、仕事。

これらの問題は気持ちの持ちようで増大するような主観的なものではないから、せめて愛ぐらい、増えたような気分になって日々を乗り切るという人生のサバイバル法を身につけていただきたい。というプラクティカルな観点から、わたしは、とくに二日酔いの朝などには有無をいわさずチュッチュおよびぎゅうぎゅう式メソッドで愛の増大感というものを示しているのだが、今のところ、まだレオのベイビー人形いたぶり癖は収まっていない。

そのうちわたしも煉獄の闇の中で浄罪の炎の矢に脳天か何かぶち抜かれて永遠に封印されているかもしれない。

（初出：THE BRADY BLOG　二〇〇八年九月二日）

諦念のメアリー

底辺託児所の名物。ともいえるクソガキに、ジェイクという四歳児がいる。当該託児所で働こうという気になった人は、まず一度はガキどもに蹴られる、何物かをぶつけられる、髪の毛を引き抜かれるなどの覚悟をしておかねばならないが、ジェイクの場合はそれらの行為を絶え間なく行っている点で異彩を放っており、そのフィジカルな暴力の連続に慣れた頃、大人たちには次なる関門が待っている。

Swear Words と呼ばれる卑語である。

英語における卑語というと、FUCK（F言葉と称される、庶民の卑語）、CUNT（C言葉と称される、F言葉より品のない言葉）、BLOODY（前述ふたつに比べるとぐんと品格の高い、王室の方々もお使いになられる御卑語）などが一般的には有名であるが、英国の底辺周辺をうろついているとこれ以外にもさまざまの卑語があることに気づくのであり、英国に来て日の浅い外国人などは、自分が言われている言葉が卑語であることに気づかないでぼんやりしている。という哀しい状況に立たされていることが往々にしてあるが、四歳のジェイクの場合がまさに、この外国人にはよくわからない底辺言葉の卓越した使い手なのである。

しかも、彼の場合は人を選んでそれらの言葉を発している（つまり、外国人の前でばかり発している）知能犯なのであり、彼が最近ターゲットにして遊んでいるのが、ガーナ出身のメアリーである。

メアリーは保育コースの学生で、母国では教師をしていたという。英国では、アダルト・ステューデントたちがパートタイムの保育コースを修了した後、大学に編入して小学校の教師になったり、ソーシャルワーク、児童心理学を学ぶ課程に進むことができるなど、いったん社会に出た大人向けの例外的な学問のルートがいろいろ用意されており、それだからこそいくつになってもいろんなことを勉強している人びとがけっこういるわけだが、メアリーの場合は保育士の資格をスプリングボードにして英国でも教師の資格をとろうとしている。

彼女はすでに英国在住二十年であり、ブライトンでふたりの子どもを育て上げているが、おっとりした温厚なクリスチャンで、一貫してブライトンの貧民街で暮してきたにしては奇蹟的なほど英国底辺階級に染まっていない。きっとジェイクが発するような下品きわまりない言葉を使う近所の人びととはあまり付き合わず、元教師の折り目正しい移民としてひっそり生きてきたに違いない。

そんなメアリーに標的を定めたジェイクは、相手が優しいのをいいことに、最近では卑語だけではなく、「メアリー、なんでそんな黒い肌をしているの?」「メアリーは日焼け止めクリームとか塗る必要ないね。もう充分黒いから」等の問題発言をしはじめた。

「どうしてそんな黒い肌をしているの?」といった質問は、子どもらしい素朴な疑問だと主張するスタッフもいるが、それは問題を面倒臭くしたくないための詭弁だろう。ミドルクラスのぼんやりしたお坊ちゃまやお嬢ちゃまなら話は別だが、山あり谷あり社会福祉保険事務所あり家庭裁判所ありの、そこら辺の大人よりよっぽど豊富な人生体験を持っている底辺託児所のガキどもが、黒人の肌を見て、あらまあ、不思議ねー。と純朴に感心するなどという悠長な話があり得ようか。

ジェイクの場合は間違いなく、人種差別的発言をしてはゲラゲラ笑い合っている貧民街の大人たちを見て、そういうジョークを飛ばせる人間はクールなのだと思い込み、コピーしているのである。実際、人種差別的発言をするとインテリジェンスのない野蛮な人間だと思われるミドルクラス以上の階級とは反対に、この国の底辺周辺では人種差別的発言をする人間は痛快なヒーローとして受け取られる節がある。英国という国では、上層と下層で〝クール〟の定義が違うのである。

よって底辺幼児ジェイクは、ホワイト・トラッシュと呼ばれる近所の大人たちに近づこうと日々精進しており、メアリーへの人種差別的発言もだんだん悪質化しているのだが、当のメアリーはいつものようにジェイクに腹を立てるでも諌めるでもなく、にこにこ笑いながら彼のそばにいる。

見かねた当該託児所の責任者代理が、ある午後ジェイクの正面に座って、「ジェイク、世の中にはいろんな色の肌をした人がいるの。私やジェイクの肌はホワイトでしょ、で、メアリーは？　そう、ブラック。ケリーは何色？　そうね、ホワイト。でもほら、ミカコを見て。彼女は何色？　ホワイト？　違うでしょ、ほら、彼女の場合はちょっと黄色くない？」と説きはじめた。白・黒・抹茶・あずき・コーヒー・ゆず・桜、という、名古屋のういろうのCMソングが昔日本にあったが、英国の教育現場における人種教育も所詮ういろうのCMの範疇を出ていない。いったいぜんたい、いろいろな色を取り揃えたからといってどうなるというのだ。

英国政府のイニシアティヴにより今秋から実施となった幼児教育の新ガイダンスでは、この人種教育を“diversity”“inclusion”のテーマで最優先課題のひとつにしているが、たかがいろんな色の人形や、いろんな色の主人公が出てくる絵本などを教育現場に取り揃えたぐらいでどうにかなる問題ではないということは、いろんな色のひとつとして現場に取り揃えられたスタッフたちはよく知っている。

託児所での仕事を終えて帰りが一緒になった際、メアリーに訊いてみた。

「ジェイクが今日も妙なこと言ってたでしょ」

「わりとしつこい子どもよね」

メアリーは目を細めて笑う。

「どうしてそんな風に笑っていられるの？　わたしならとっくにブチ切れてるけど」

「もう慣れているもの」

「そうなの？　わたしは慣れることはないな、ジェイクには」

「いや、そうではなくて」

「？」

「この国の人びとに慣れた、ということよ」

優しいまなざしでメアリーは言った。

「もう二十年になるんだもの」

そのふにゃふにゃに柔和な表情とは対照的に、ずっしりハードな、鉛の如き諦め感がそこにあった。

赦し。という言葉の本当の意味は、諦念。なのかもしれないな。

ふと神学的になりながら、道路の反対側に渡っていくメアリーの姿を見送る。背後からは、慈善施設を出てくるジャージ、老年パンク、ヒッピー、もはや人間の形状すらなさなくなっている者。などの英国人底辺生活者の群れ。群れ群れ群れ群れ。が、ぼんやり突っ立っているわたしを追い越していった。

（初出：THE BRADY BLOG　二〇〇八年十月十日）

白髪の檸檬たち——底辺託児所とモンテッソーリ

「大人は幼児に仕えるべきではありません。彼らが独立した人間として生きていけるよう手助けをすべきなのです」と言ったのは、高名なイタリアの教育者、マリア・モンテッソーリである。

イタリアで初の女性医学博士であった彼女は知的障害児の治療教育で大いなる成果を上げ、それを発展させて独自の教育法を作り出し、二十世紀初頭に健常児教育にそれを応用した際には、ローマのスラム街に住んでいた底辺幼児の託児所からスタートした御仁である。

その底辺生まれとも言えるモンテッソーリ教育法が後に世界中に広まり、日本ではモンテッソーリ教育を取り入れた幼稚園は〝お受験対策〟で人気だというし、米国などには「一度でも大便を漏らした子は退学（園）」「先生の言うことがわからない子や言うことを聞かない子は退学（園）」等の非情な規則を持つ、完全なエリート組織と化した幼稚園が数多く存在しているという。

英国でも、モンテッソーリ系の幼稚園や学校は「ミドルクラス以上の家庭が子どもを通わせる場所」というイメージがあり、わがブライトンのモンテッソーリ・スクールなんかも閑静な高級住宅街の一角にある。が、ちょっと他と違っているのは、校長が「スラム街からスタートしたモンテッソーリ教育の起源に立ち返り、貧しい家庭の子どもたちが通えるよう、モンテッソーリ校の公立化を行おう」という運動をはじめた点であり、『ガーディアン』、『インディペンデント』などの新聞を巻きこんで運動を拡大し、二年ほど前に英国初の公立モンテッソーリ校をブライトンに建設する寸前にまでこぎつけたのだが、結局資金繰りの問題でおじゃんになっている。

一方、「大人が幼児のために何でもしてあげる必要はないの。うちの託児所に来るような子たちは、早くから自立して生きていかねばならない子どもたちだから、他人に頼らなくとも生きていけるスキルと力を与えることが、真の意味で彼らを助けること」と言っているのは、白髪のアニー・レノックスこと、わが底辺託児所の責任者である。

まるでローマのスラム街託児所時代のモンテッソーリみたいなことを言う人だなあ。と最初に聞いた時には思ったが、それもそのはず、どうやら彼女は国際モンテッソーリ協会公認の教育資格も持っている人なのだそうで、本人が望めば、底辺託児所みたいな乱暴な場所で働かなくとも、モンテッソーリ系の学校や幼稚園で裕福な家庭のお子様たちの面倒を見て、高額の給与をもらえる人なのである。

彼女自身は自分の経歴をべらべら喋る人ではないので、彼女とモンテッソーリの繋がりを知る人は底辺託児所にはほとんどいない。わたしがそのことを知ったのは、ブライトンのモンテッソーリ・スクールの校長を通してであった。

保育コースでマリア・モンテッソーリについて学んだわたしは、ブライトンのモンテッソーリ・スクールを見学させてもらうことにした。で、その際に校長から「あなた、保育コースの実習はどこでやっているの?」と尋ねられ、底辺託児所の名を答えると、彼女が言ったのである。

「ふうん。私、あなたのボスを知っているわよ。私たち、若い頃にモンテッソーリ教員養成校で机を並べた仲なの」

痩身のアニー(レノックス似の底辺託児所責任者)とは対照的にふくよか&血色のよい校長は意味ありげに微笑んだ。

「私たち、親友だったこともあるのよ」

いつも色褪せたジーンズによれたTシャツで、寒くなると息子の革のライダースジャケットを羽織ってきたりするアニーと、ローラ・アシュレイ系の衣服に真珠のネックレスの校長が親友だったというのはピンと来ないが、そういえばわたしがモンテッソーリ・スクールを見学に行くと言った時、アニーの顔色が一瞬変わったような気がしたのだった。

「もう三十年近く彼女とは会ってないわ。よろしく伝えてちょうだい」

校長はどこまでも上品な発音の英語でそう言い、自室に消えていった。娘時代は親友だったという六十代の女たちは、その後、真逆ともいえるキャリアの進め方をしている。

ひとりはモンテッソーリのメソッドとフォーマットを頑なに守り、その看板を掲げて仕事を続け、もうひとりはモンテッソーリの枠から飛び出し、創始者の精神だけを受け継いでいる。が、この正反対の女たちには、どこか似かよった匂いがするのだ。

「よろしく伝えてちょうだい、と言っておられました」

底辺託児所でアニーに言うと、普段はどんなに忙しくても必ず話しかけた人間の方を向いて話をする彼女が、珍しく目を落としている書類から顔を上げずに答えた。

「どうだったの？　見学のほうは」

「幼児部を見せてもらったんですけど、子どもたちが礼儀正しくて大人しくて、びっくりしました。暴れるどころか、大きな声を出す子すらいないんです」

「あそこはそういう子どもたちが行くところだから」

「でもなんかこう、……物足りないような気がしたんですよね」

「うちと違って静かだからでしょう」

「けど、あそこの校長、英国初の公立モンテッソーリ校を作る運動をまだ続けておられるみたいですよ。一度駄目になったけど、まだ諦めてないって仰ってました」

「……」

「実現したら凄いですよね」

とわたしが言ったところで、アニーは他のスタッフに呼ばれて別室に立っていった。

「裕福な家庭の子どもたちだけでなく、貧しい子どもたちもこのような教育を受けられるようになればいいのにと思います」とは、ロンドンのモンテッソーリ教員養成校で講演した際のマハトマ・ガンジーの言葉である。この言葉を自分の学校のウェブサイトに掲げてモンテッソーリ校公立化運動をはじめた時、くだんの校長の脳裏には、底辺託児所で働く昔の友人の姿がよぎっていただろうか。


二十一世紀の今でも、英国は歴然とした階級社会である。その国で、底辺の子どもたちに階級を超越するための能力を与え、子どもたちに階級そのものを破壊させようとしている人びとがいる。この白髪の女性たちのスピリッツは、世の不公平を呪ったり茶化したりしているパンク・ロッカーのそれより、よほどアナキーだ。

「この託児所に来ている子どもたちが、公立モンテッソーリ校小学部に入学する、なんてことになったらブリリアントですよね」

別室から戻ってきたアニーに言ってみると、彼女は何も答えず、だが今度はまっすぐわたしの目を見て微笑んだ。

その笑顔はまるで、梶井基次郎が丸善の店先に置いた檸檬のようにカーンと冴え渡っている。

白髪の檸檬たち。

彼女たちの共通点は、老朽しないこのスピリッツの冴えなのだ。

（初出：THE BRADY BLOG 二〇〇八年十月十四日）

極道児とエンジェル児――猿になれ

ここ数年の貧民街の若い（というか幼い）女性たちを見ていて気づくのは、ブラックな子どもを連れ歩いているホワイトなティーンエイジ・ガールが急増した。ということである。ジャージ系、全身タトゥー&ピアス系、キングスクロス街娼系（映画『London to Brighton』系ともいえる）、ハードコア×（パンク＋ソウル＋レゲエ）＝ＵＫストリート底辺ＭＩＸ系、などのファッションをした若い（というか幼い）母親たちが、底辺託児所にもぞろぞろブラック&ホワイト混血児を連れて来る。

これらの幼児の中でもひときわ目立っているのがリアーナという二歳の女児だ。何しろ彼女は群を抜いてストロングでバッドなのである。

他の子どもが持っている玩具に興味を持てば、相手をグーで殴り倒したり脇腹に蹴りを入れたりしてそれを手に入れるし、大人が自分より小さな赤ん坊の世話ばかりしていると、生後十五カ月のベイビーの頭をざぶんと水槽に沈めたり、もみじのような愛らしい赤ん坊の手の甲に鉛筆をぶち立てたりしてヤキを入れる。まるで極道のような女児なのだ。

珍しくお休みした日があったので、その翌朝、「何処かナイスなところに行ってたの?」と尋ねると、「JAIL」。などというごっつい答えが返ってきた。どういうことなのでしょうか。とアニー(レノックス似の託児所責任者)に問うてみれば、どうやら本当に刑務所で父親と面会してきたのだそうで、さすがというか、やはりヤクザである。

全身タトゥー×ピアス系の彼女の母親は、左の頬に大きな縫い傷がある。聞いたところによれば、リアーナの父親は大変にヴァイオレントな男性なのだそうで、彼女の母親に殴る蹴るの暴行を加えてDVで逮捕され、現在服役中らしい。

そんな流血のヴァイオレンスを家庭で日常的に見ているせいか、リアーナには、暴力のリミットというものがわからない。よって他者や自分自身を取り返しがつかないほど傷つける可能性もあり、それ故、彼女には常に専属の大人がつくことになっている。

そんなリアーナの担当に回された過日、彼女がある幼児のほうにどんどん近付いていくものだからわたしの肝の温度が激沈した。彼女が標的に定めたらしい幼児が、あろうことかアレックスだったからである。

九月から託児所に来るようになったアレックスは、底辺託児所のガキどもとは全く毛並みの違う子どもである。シングルマザーである母親が働いている昼間は元大学教授の年金生活者であるおじいさまに預けられており、そのおじいさまが病気で倒れた友人に代わって慈善施設のクリエイティヴ・ライティング教室で臨時講師のボランティアをはじめたため、週に一度、二時間だけ底辺託児所に預けられているのだ。しっかりした大人たちにしっかりと愛され、触れるべきものにのみ触れて、まだ触れるべきでないものからは守られて育っている二歳児のアレックスは、すくすくと成長している。彼を見ていると、同じ年頃の底辺託児所の子どもたちに足りないものがよくわかる。

他人と見れば怯えたり、無闇に攻撃的になったりする底辺託児所の子どもたちと異なり、他人を信じきって大らかに微笑むアレックスはまるで天使のようだ。が、同時に非常に危なっかしい。

案の定、リアーナはいきなりアレックスを押し倒し、彼が握っていたミニカーを取り上げると、床に倒れている彼の脚に蹴りを入れはじめた。アレックスは、最初は何が起こっているのかわからないといった表情で呆然としていたが、すぐに火がついたように泣きはじめた。

「やめなさい、リアーナ」

わたしがリアーナを押さえにかかるのと同時に、アニーが飛んできてアレックスを抱きあげ、隣室に連れていった。わたしはリアーナの正面にしゃがんで言う。

「あんた、蹴りまで入れる必要ないじゃん。他人から物を取り上げるのもいけないけど、すでに倒れている人間を痛めつけるのはもっといけないことだよ」

二歳ぐらいの子どもを諌める場合、こんな話したって、こいつにはわかんないよなあ。と思うのが常だが、リアーナの場合は違う。何くだらない説教ぶっこいてんの、このばばあ。と言いたげなティーンエイジャーのように、にやにや笑ってこちらを見上げているのである。

だめだな。これは。と思いながら一応型通りに説教を終え、リアーナを粘土遊びのテーブルに連れていって粘土をこねたり打ち叩いたりすることで暴力欲を発散していただいていたのだが、五分もすると彼女は飽き、また椅子から立ち上がって隣室に向かって歩き出した。

隣室では、アニーの脇に座ったアレックスが床に置かれたブラックボードにチョークでお絵かきをしている。リアーナは彼の姿を見つけ、執念深く近づいていって、その真ん前に腰を下ろした。何らかの暴力をふるいたいのだろうが、脇にアニーが座っているので、できない。といった感じのじりじりした目つきで彼を睨んでいる。

と、何を考えたのか、いきなりアレックスが自分の持っていたチョークをリアーナに差し出した。さきほどの暴力沙汰があるので、殴られる前に自分の持ち物を差し出しているのか？ と思っていると、次の瞬間アレックスはすっと両腕を広げてにっこり嬉しそうに笑い、リアーナを抱きしめたのである。

リアーナは何が何だかわからないといった表情でハグされていたが、アレックスが彼女の体から両手を離すと、おそるおそる彼を見た。アレックスは相変わらずにこにこしている。リアーナはしばらく彼を凝視していたが、やがてその笑顔につられるように微笑んで、ふたりは一緒にチョークでお絵かきをはじめたのである。

目の前で展開されたシーンに軽く圧倒されているわたしに、アニーが言った。

「わたしたち、リアーナに〝あれはいけません〟、〝これはいけません〟、といつも言うわよね。つまり、NOばかり言ってるんだわ。でも本当に彼女に必要なのは、たった今アレックスがやって見せてくれたように、YESなのかもしれないわね。言い方を変えれば、愛。っていうか」

幼児たちに囲まれて働いていると、たまに物凄いシーンに出くわすことがある。

「汝の敵を愛せよ」というのはジーザス・クライストが人間に課した無理難題のひとつだが、自分の尻さえ自分ではまともに拭けない猿同然の年齢の幼児にこの難題がクリアできるのは、これは人間が猿に劣る生き物だからであり、「愛せよ」ということは即ち「猿になれ」ということなのかもしれない。

アレックスに自分の存在を全面的に肯定されたリアーナは、あれ以来彼とマブダチになった。ブランコの上から飛び降りようとしたり、頭から先に滑り台から滑り落ちたりするような危険なことばかり天使児に教えているので、それはそれでちょっと問題になっているが。

（初出：THE BRADY BLOG　二〇〇八年十月二十五日）

どこにでも行ける丈夫な靴

英国の貧民街に根を下ろして日も浅かった頃、強く感じた疑問のひとつに、「なぜ英国の少女たちは未婚で何人も子どもを産むのか」ということがあった。

わたしの生まれ育った国なんかだと、十代の少女がひょっこり孕んでしまった場合には、①友人の紹介とかでクリニックを見つけて堕胎する。②親から堕胎を勧められる。といった按配でいずれにしても、産まない。というのが一般的な対処法であったが、この国の貧民街では、出来てしまったものは産む。というのが普通になっている。

そうなっている理由として、①無職のシングルマザーには政府から住居や各種補助金が提供され、働かなくとも生きていける制度が確立されている。②腐ってもクリスチャン国である。という二点が挙げられるが、とはいえ、乳母車を押しながら昼間の貧民街をうろついている幼い母親たちの数は尋常ではなく、ヨーロッパ諸国の中で十代の妊娠率が最も高いのが英国だというのも頷ける話である。

英国の識者の皆さんは、アフリカに行って現地の女性たちに「避妊の重要性と女性うと思う時々思うのだろうと考えているのだが、どうもこの国の富裕層は自国の貧民区よりアフリカのほうが近いと考えている節があり、それはきっと遠い国の人々なら自宅に押し入ってきたり車のフロントガラスを打ち割ったりして自分に直接危害を及ぼしてくる可能性がないので、「ワン・ラヴ。ワン・ワールド」などと言ってひとつになった気分になりやすいのだろう。

というわけで、底辺託児所に子どもを預けに来ているステラという女性なども、二十一歳にしてすでに四人の子持ちであり、「若い時はね（って彼女は今でも十分若いが）、子どもを産めば政府が生活の面倒見てくれるから働かなくてもいいってわりと安直に考えていたのよ。でも、この歳になるとこれからのこと真剣に考えちゃう」などと話しているが、二十代に突入した時にはもう四人の子持ちだ。

とは言っても、この若さで四度の妊娠・出産経験というのは貴重だ。「君は資格を取ってミッドワイフ（助産師）になれ」とわたしはアドバイスしているのだが、母親の今後はさておき、心配なのは子どもたちのライフである。

一番上の子からして慈善センターで提供している無料の古着を着ているのに、下の子どもたちはそれを順番におさがりしているわけだから、四番目に辿り着く頃にはもう衣服はへろへろにくたびれきっている。また、長男が着用していたものを妹も着せられているため、ステラの娘たちは、ピンク色のひらひらの服を着た女児たちをじっと凝視していることがある。

わたしも貧しい家庭で育ったので、幼児期の写真といえば、裸で毛糸のパンツだけ履かされて往来を歩いていたり、つんつるてんのセーターを着せられて臍が丸出しになったりしているような野性味溢れるショットばかりだが、ステラの子どもたちがまさにそんな感じだ。が、昭和四十年代の日本のドヤ街ならいざ知らず、今どきの英国にそんな子どもたちはいない。

託児所のままごとエリアで彼らが遊んでいる時には、彼らの家庭の食事情も暴露される。「それは何?」「チップス」「鍋で何温めてるの?」「ビーンズ」「そのサンドウィッチ、何がはさんであるの?」「ソーセージ」といった按配で、この家庭にはチップスとビーンズとソーセージ以外の食事は存在しないことがわかる。野菜たっぷりのパスタだのライスだのというヘルシーな食品は、あれは英国では上層階級の食べ物である。高価な生鮮食品が買えない家庭は、缶に入ったビーンズと冷凍食品のチップスとソーセージで食いつないでいる。この国では人民ピラミッドの下層にいけばいくほど肥満している人が多いのはそのせいである。

生活保護受給者に政府から提供される住宅というのもこれは千差万別で、たとえば先日なんかも、ロンドンの一等地チェルシーで、時価三億円の邸宅が無職シングルマザーに提供されていたということが明らかになり、「それは税金の無駄遣いだろう」と保守系の新聞に叩かれていたが、ステラの場合はそんな幸運には見放されており、硬貨をメーターに入れてガスを使用するという古式ゆかしいタイプの公営団地に住んでいる。

よって硬貨の持ち合わせがなかったり、あり金が尽きた月には、ガスを使用できないこともあり、そうなると子どもたちにもシャワーを浴びさせられないので、彼女の子どもたちはそこはかとなく臭うことがあって、髪の毛なども洗ってないために脂ぎってるざんばらというか頭皮にかさぶたが出来ているというか、ネアンデルタール人の子どもみたいになっている。

このような文明に逆行する子どもたちが往来をほっつき回っているとどうなるかというと、やはり文明社会では異物視されることになるわけであって、ステラの家にもソーシャルワーカーが出入りしており、彼女の子どもたちは地域の「保護が必要かもしれない要注意児童リスト」に名前が入っている。

地方自治体が実の親から子どもを取り上げるのは、虐待や養育放棄が認められるケースだけではない。福祉当局は決してそれを認めないが、「貧困」が判断要因になっているとしか考えられないケースが往々にしてある。衣食住などの基本的な子供のニーズを満たすことのできない保護者は目をつけられやすい。力のない親は子を育てるな。ということである。

だが、そんなステラの子どもたちにも、一カ所だけやけにリッチな部分がある。どういうわけか彼らときたら、足元だけはいつもパリッと、良い靴を履いているのである。ステラが子どもたちを靴屋に連れていき、店員にきちんとサイズをはかってもらって買っているらしい。バーゲンばかりしている量販店やスーパーで十ポンド程度の靴しか買わないわたしなどは拝見するだけで目が潰れてしまいそうな Clarks の靴を、みんな履いていやがるのである。

「いい靴履いてるねー」

先日、慈善施設の食堂でわたしがステラの次男に声をかけると、脇にいたステラが恥ずかしそうに言った。

「靴だけは、ね。彼らが自分の足でいろんなところに行けるように。私はどこにも連れていってあげられないから。……なんか変かもしれないけど」

ふと目線を下ろせば、テーブルの下のステラの足はわたしと同じ Primark の六ポンドのブーツを履いている。

力のない親は子を愛するな。なんてことは神にだって言えない。

人はすぐ他人の愛について間違っているだの適正であるだのと査定・批評したがるが、真の倫理とはそうした○×でかたがつくような問題とは別のものだ。

妙に眼球の奥がずくずくして霞んできた目を上げれば、ネアンデルタール人の子どもたちは今日も野蛮な雄叫びをあげながら食堂を疾走している。

ひとりひとりが、履きやすそうで頑丈そうなぴかぴかの靴を履いて。

（初出：THE BRADY BLOG　二〇〇八年十一月十九日）

Life Is A Piece Of Shit After All
――人生はやっぱり一片のクソ

ムスタファという三歳児が底辺託児所に来ている。

母親に連れられて生後六カ月の妹と一緒にエジプトから渡英したばかりで、全く英語の喋れない、痩せこけた黒人少年である。

託児所に来るようになった子どもは、最初は人見知りをする、母親を求めて泣くなどして落ち着かないのが当たり前だが、ムスタファの場合はその様子がすこぶるサッドである。というのも、彼は三歳児のくせに無言でさめざめ泣くからである。

初日、二日目と、専属のような形で彼の担当に回されたが、機嫌よく静かに遊んでるなあ。パズルで。と安堵しながらふっと彼の顔を見てみれば大粒の涙が頬にぽとぽとこぼれ落ちたりしていて、「子どもの癖に、沈黙のうちに泣くのはやめなさい。ぎゃあ、とか、ひゃあ、とか言いなさい。物凄く悲しいから」と思わず叱りたくなるのは、それはきっと、わたしがこういう男に弱いからなのだろう。

つぶらな瞳で何事かを一生懸命に訴えられたって、こっちは何言われてんだかさっぱりわからないし。ってんで彼が失禁してしまったことも一度や二度ではなく、彼の母親に「〝パンツに出ちゃったの？〟は何て言うんですか」と北野武の〝コマネチ〟状態になりながら尋ねたり、小便小僧のジェスチャーまでして「〝おしっこしたいの〟はどう言えばいいんですか」も教わったりして、喋ることのできるアラブ語が「用を足したいの？」と「猿股濡れたの？」だけというのもどうかとは思うが、この二文に関してはネイティヴ並みと言われるほどの発音をマスターした。

見知らぬ国に来て、わけのわからない言葉を喋る人間に囲まれ、それでもそこで生きていかなければならないムスタファは、エジプトでも相当な苦労をしたらしい。貧困。命からがら異国に逃亡せねばならぬほど妻子を虐待する父親。ムスタファが失禁して着替えさせる時、腰から尻にかけて棒のようなもので打たれた複数の傷跡を見る度にわたしは彼の濡れたパンツを被ってヘッドバンギングしながら呟きたくなる。

Life is a piece of shit after all.

十月のある日の午後のことだった。

うちの連合いが、「俺さあ、悪性リンパ腫にかかってるんだって」と明るく宣言しながら病院から帰ってきた。

家に入ってきた様子はポジティヴだったが、その前に連合いが我が家の前に佇み、十五分ほどじっとり家屋を眺めていたのを、わたしは台所の窓から見ていたので知っている。

癌の病期分類には四期まであり、彼は四期というのだからこれはもう最終段階まで転移が進んでいるということであり、きつい、とか、だるい、とかいうことも結構あったはずだと思うのだが、如何せんうちの連合いもムスタファ同様痛みを声に出さない。

耳の脇にしこりができ、GP（主治医）を再三訪ねても「心配することないっすよ」と言われ続け、でもさすがに半年も放置しているとしこりが膨張してこぶとり爺さんみたいな顔になってきたので、じゃあちょっと検査してみますか。一応。ということになったが、NHS（国民保健サービス）だから当然ここからまた三カ月の月日が流れるわけであり、ようやく検査してもらったらそういうことになっていたのである。

寒い戸外にぼさっと突っ立っていると、ムスタファがまた沈黙のうちに慟哭しはじめた。

極道児リアーナが、彼の乗っていた三輪車を強奪していったのである。いきなりサイドから殴りつけられ、無理矢理三輪車から引きずり降ろされたムスタファは、座り込んだまま俯いて地面にぼとぼと涙を落としている。

「何しやがんでえこのアマ」「ふざけた真似しやがるとしばき倒すぞ、だらあ」など、言いたい言葉は頭の中に渦巻いているだろうに、彼にはそれが伝えられない。だいたい彼はこんな異国になんか来たくなかったのだ。母国で大変な目にあわされたので逃亡してきてみれば今度はこんなわけのわからない言葉を喋る人間に囲まれ、凶暴児だの極道児だのから毎日いいようにどつき回されて、これではどこに行っても彼の人生はさんざんではないか。

Life is a piece of shit after all.

あの日、連合いはそう言ったのだった。

「どうせそんなややこしい病気にかかっているのなら、この荒れ果てたクソみたいな家と家族を捨ててバックパックで出奔し、命が尽きたらどこぞの国でのたれ死ぬ」ＯＲ「クソみたいな家に留まって、クソのような生涯を生きられるまで生きる」の、せめぎ合いの時間だったと彼は言った。あの、家の前に佇んで家屋を呪わしげに凝視していた十五分は。

「そのボール、蹴ってごらん」

幼児用のフットボールを抱いて、困り切った表情をしているムスタファにわたしは言った。

「キック、キック」と蹴る仕草をしてみせると、彼はボールを空中高く投げ上げる。

「投げるんじゃなくて、地面に置いたまま蹴るんだよ」

と言うが、英語のわからないムスタファは、投げ上げたボールが地面に落ちてくる前にそれを蹴ろうとする。これではまるで蹴鞠状態だ。彼がわざわざそんなややこしいことをしようとするのは、これまでフットボールというものをしたことがないからだ。

と思っていると、相手はいきなり凄まじいボレーを蹴りつけてきた。何という身体能力であろうか。空中を落ちてくるボールを蹴るのに、三歳児が空振りしない。

「ひゃあー。あんたチェルシーにスカウトされるかもよ」

という英語での驚嘆を彼が理解したとは思えないが、ムスタファは嬉しそうに声をあげてきゃっきゃっと笑いながらまたボールを放り投げる。彼がこんな風に笑った顔は初めて見たなあと思っていると、フットボールと一緒に空から霙《みぞれ》が落ちて来た。

Life is a piece of shit after all.

この言葉は十五分のせめぎ合いの末に連合いが出した決断を意味していたのだった。

「いつでも出奔しろ。あんたの人生だ」と答えると、「ＯＫ」と連合いは笑った。

Life is a FUCKING piece of shit after all.

クソでも生きる。

クソなのに生きようとする。

どうして人間はそういうばかたれなことをするのだろうか。

霙にも負けず、ムスタファは笑い叫びつつフットボールを追いかけて走る。

なんか楽しそうだから、一発殴り倒したろ。みたいなギラついた目つきで極道児や凶暴児がじりじり背後から近づいて来ているのも知らずに。

きっとムスタファはまた殴り倒されてボールを取り上げられ俯いて慟哭するだろう。

きっと連合いは化学療法で吐いて震えて文字通りクソのような気分になって世を呪っているだろう。

しもやけが、ひりひりするなあ。と思いながら、わたしはムスタファの方に全速力で走っていった。

（初出：THE BRADY BLOG　二〇〇八年十二月九日）

ムンクとモンク

経費削減をはかる英国の国家医療制度NHSは深刻なインフラ不足の中で運営されており、旅費とホテル代を負担して患者をフランスの病院に送り、現地で手術を受けて帰って来させるような不条理な状況に陥っている。だから癌患者の化学療法なども極力通院で行うようになっており、一回目の治療のみ副作用の有無を見るため入院することになっているが、それも通常は一晩のみということになっている。「たった一晩だし、病院には来るな」と連合いは再三言っていたのだが、病院のトイレで失神したので彼には数日間の入院が必要になり、パンツや寝間着の替えを持ってRoyal Sussex Country Hospitalの癌病棟（英語では当然そういうストレートな言い方はされておらず、田園地帯のB＆Bを髣髴《ほうふつ》とさせる名の病棟になっているわけだが）に行くことになった。

どっと気持ちが暗くなった。

なぜなら、以前当該病院内で凄まじいものを目にしたことがあったからである。

妊娠中に流産しかけた時、同病院内の産科緊急超音波部に行ったことがあるのだが、その時の待合室の様子ときたらそれはもうこの世のものとは思えなかった。

「OHHHHHH、MY BABYYYYYYYY! BAAAAAAAABYYYY!!!!!」

「NOOOOOOO!! NOOOOOOOOOO!! PLEASE GOOOOOOOOOD!!」

などという悲鳴が辺りに満ち満ち、超音波の順番を待っている人も、もう超音波が終わって流産が確定した人もそうでない人も、とにかく全ての妊婦が連れの男性にしがみつく、抱き合う、抱きかかえられるなどしてぎゃんぎゃん泣き叫んでいるのである。

わたしは身を固く小さくして部屋の隅に腰かけていた。それはまったく、日本人のわたしにとっては異様としか言いようのない光景であった。

そりゃあ自分の体内にいた生命が滅ぶというのは大変悲しい出来事である。が、あの英国人女性たちの「ぎゃあああああ」は、なんというかわたしにとっては現実味がないほど劇的だった。

日本人には、とてもあのようなドラマチックなシーンを人前で展開することはできない。というのは、これは劇的に振る舞う能力が不足しているというよりも、そういうことをする前に、そういうことをする自分を想像するとしーんと心が醒めかえってしまう。

　癌病棟となればそれはもう産科などよりよほど大変なことになっているのは間違いなく、阿鼻叫喚のムンクの叫び病棟と化しているに違いないので、心の準備を整えて病院に向かったのだったが、いざ病棟に着いてみればそこはフランチェスコ会修道院のような静寂に満ちていた。いや、ベッドに横になったり起き上がったりしている人びとの髪型からすれば、禅寺と言ったほうが適切かもしれない。うちの連合いの隣のベッドに寝ていた中年男性なども、ムンクというよりはモンク感に溢れており、英国人のくせに笑うとなぜか桂枝雀に似ている。

　彼はブライトン近郊の小さなヴィレッジでGPをしておられたらしい。田舎のドクターとして毎日地元の人びとの病気を診断していたら、いつの間にか自分の睾丸に癌ができていたという。化学療法は今回で四サイクル目になるそうで、経過が思わしくないため、来週からホスピスに入院させられると言っていた。

「日本の方ですか。僕は日本には興味があって、好きな作家がいるのですよ」

　枝雀似のGPは起き上がってわたしに言った。

またどうせハルキ・ムラカミとかケンザブロウ・オオエとか、イマドキの欧州人好きのする作家の名前を言ってくるのだろうと思えば、

「オサム・ダザイが好きです」と言う。

「西洋人は、エキゾチックなユキオ・ミシマなどが好きな人が多いですが、自分はダザイが好きです。彼はクラシックなタイプのクリスチャンですね。たとえ実際にはそうでなかったとしても」

青い目をした枝雀師匠のベッドの脇には何冊も本が積み上げてあった。後で連合いから聞いた話によれば、薬の副作用で夜中に何度も嘔吐しながら、苦行僧のようにがりがり本を読んでおられたという。

「俺みたいなダンプの運ちゃんが死んでも世の中には何の損失にもならんが、医者なんて、世のため人のために役に立つ人じゃねえか。GPなんて年収十万ポンドだぞ。俺のクソみたいな人生とは築き上げてきたものが違うんだ」

通院で化学治療中の連合いはそう言って立ち上がり、自宅のトイレに吐きに行った。

くだんのGPの奥様からのメールを読んだのだ。

それは、「クリスマスカードと日本人作家の英訳本をありがとうございました」という丁重な文面だった。

そして文末に付け添えるように、うっかり書き忘れたことを追記するように、彼が先週ホスピスで亡くなられたことが書かれてあった。きっとそのことを連合いとわたしに伝えるべきかどうか迷ったのだろう。十三歳の息子のため、クリスマスにはギターとアンプを買ってあると言っていたくしゃくしゃの笑顔の男性はもうこの世界には存在しない。

ライフという大層な響きのものは実はこんなにも軽い。いろいろ築き上げた人生も、何も築けなかった人生も、同様に、同等に、ふっつり途絶えて無くなる。意義ある生涯を生きた人間も、なんとなくずるずる生きた人間も、同様に、同等に、ふっつり滅びて消える。

今年のクリスマスは寒くなるらしい。

連合いの吐瀉物が水中にどろどろ落ちる音がする。

（初出：THE BRADY BLOG　二〇〇八年十二月二十二日）

命短し恋せよおっさん

うちの連合いが医師から癌宣告を受け、今後の治療スケジュールを聞かされて帰ってきた日の話である。

「で、治療はいつから?」

と訊くわたしに連合いは答えた。

「治療は再来週からなんだが、その前にハマースミスの病院に三回行かなきゃいけない」

「何で? ロンドンでしかできない検査があるの?」

「いや、そうじゃないんだけど……」

と言って連合いは口元を緩めてにやにやしたり、急にきりっとすぼめたりしている。

「じゃあ、何でロンドンくんだりまで行かなきゃなんないの?」

「いや、それが……」

でれでれしている連合いにわたしは言った。

「何なのよ、気持ち悪い」

「いや、それがハマースミスの病院で精子を冷凍保存してもらえって言われちゃってさ」

「へ？」

「化学療法を受けると、精子が使い物にならなくなっちゃうから」

「けど、わたしはもう子ども産まないよ、この歳で」

わたしがそう言うと、連合いは照れなのか何なのか気色の悪い薄笑みを浮かべて言った。

「だって俺、お前に飽きるかもしれないじゃん」

そう言われてわたしは急速に彼側の事情を理解し、咀嚼したのだった。

「そりゃそうだ。いや、そりゃ本当にそうだよね。ははははははは」

大笑いしているわたしの方を、連合いはバツの悪そうな笑顔で眺めている。

「たしかに保存してもらってた方がいいよ。わたしと別れて若い女性と一緒になるかもしれないし、その女性が子どもを欲しがる可能性だってあるし、その時に使える精子がないと、そりゃ困るもんね」

考えていたことをそのまま言語化し発されてしまった連合いは、心なしか頬を赤らめて、

「そうだろう。人生のオプションは出来るだけたくさん持っておいた方がいいからな」と言う。

男という生物にとって生死と精子が密接にリンクしているらしいということは以前から知っていた。が、この期におよんで何を考えているのだろうか、このばかたれは。何がオプションだ、まったく。と思うと、呆れるやら感心するやらおかしいやらで、しかしその時のわたしの心持というのはちっともネガティヴなものでもアイロニックなものでもなく、真冬のドーヴァー海峡を見つめながら食べる一杯のうどんの如き根源的温もりに満ちていたのである。

最近では新聞などを見ていても、親子ほど歳の違うバックシンガーと恋に落ち、泥酔して路上で添い寝している姿をパパラッチされたポール・ウェラー。とか、自分の息子の元恋人と出来てしまい、アホなスケベじじいとして苦笑されているブライアン・フェリー。など、色に狂うおっさんたちに対する世間の風は冷たいが、それで彼らが生き延びていけるのならそれはそれでいいではないか、とわたしは思うのである。

長年連れ添った女や子どもたちと死ぬまでともに生き、ああまともな男である、人間が出来ている、と評価されることを糧として生き延びていけるおっさんもいれば、醜悪などスケベ、恥知らずの恩知らず、いい歳こいてしっかりしろ、と世間から罵倒されながらも、妻子を捨てて若い女性と恋をすることで生き延びていけるおっさんもいる。そのそれぞれが、何かにすがり、何かをかき抱かなくては生き延びていけないのなら、その対象や方向性に優劣の差などあるのだろうか。

「あんたの言うことは全く正しい。いいブツが出るように、精子摂取期間はヘルシーな飯を食わしてやるからな」

と全面支援体制を敷いて連合いをハマースミスの某病院に送り出したのであったが、ロンドンから戻って来た連合いは心なしか意気消沈していた。

「今度はいつハマースミスに行くの？」

「いや、俺はもう来なくていいって言われた」

「何で？」

「三回精子を取るのは若い人だけだって。俺はもう五十の坂を超えてるから、一回でいいでしょうって……」

「ええええっ？　そんなの年齢差別じゃん」と言おうとしてわたしは口をつぐんだ。その時の連合いの肩の落ち具合は、ある意味癌宣告を受けた時より落ち窪んでいたからだ。

時の流れは早いもので、あれからすでに三カ月の月日が過ぎた。

現在の連合いは、化学治療の副作用のためすっかり悟りを開いたようなスキンヘッドになり、「困るよなー。俺、右翼でもゲイでもインテリゲンチャでもないのに」と言いながら、吐いたり高熱を出したり口内炎になったりしつつ、まだダンプに乗っている。

一日中寝ていると気が狂いそうになるので限界まで働きたいのだそうだ。

時折、うちの坊主がテレビのリモコンで遊んでいてケーブルの有料ポルノ・チャンネルの広告を映すことがある。

二歳になる坊主はそのユーロビート系のテーマ曲が大好きでいつもがんがんに踊り狂うのであるが、それを脇で見ている連合いは、きまってにやにやしながら「うーん、いいねえ、この右側の姉ちゃん」などのコメントを発する。それは今でも変わらない。

わたしを救うためにわざとそうしたコメントを発しているのかもしれないが。

命短し恋せよおっさん。

こんな軽快なフレーズが、これほど重く感じられることはない。

恋でも何でもいいからしてしつこく生きてくれ、頼むぜおっさん。

吐いても吐いても吐き切れない連合いの背中をさすりながら、トイレの窓から見る小さな空は純然たる灰色。
あまりにも純然としてわかりやすくて、笑いさえこみ上げてくる。

（初出：THE BRADY BLOG　二〇〇九年一月二十三日）

極道のトレジャー・ボックス

英国の託児所や保育園の内部は、水遊び、砂遊び、粘土遊び、アート遊び、ままごと遊び、などのコーナーに分割されているのが通常であり、子どもたちが好きなアクティヴィティを選んで遊ぶ形式になっている。底辺託児所なんかも一応複数のコーナーに分割されているわけだが、なにしろガラの悪いガキどものことである。ぶち投げる、うち壊すなどのヴァンダリズム行為によって、何処が何のコーナーなんだかさっぱりわからなくなっているのが常態であるが、一カ所だけ不思議と持続可能な場所がある。

なぜかそれはアート・テーブルなのである。

当該テーブルでは、お絵かき、コラージュ、工作などを行うスペースと道具を提供しているわけだが、底辺託児所で働くようになってわかったのは、問題を抱えた家庭で育っている幼児たちには非常にクリエイティヴな子どもが多いということだ。

保育コースの一環として一般の保育園や幼稚園も幾つか見学したが、そういったところのお子様の製作物がいかにも型通りな幼児の作品であるのに対し、底辺託児所のガキどもはなんとも奇抜な発想をすることがあり、出来あがった作品などを見ても、子どもが作った拙い作品というよりは、破壊をテーマにしたコンセプチュアル・アートのようなパワーを放っていることがある。

先日なども、アート・テーブル担当に回されたので、「各人が自分の宝箱を製作する」というテーマを伝えるため、「さあ、今日はみんなでトレジャー・ボックスを作るよ。みんな、自分の宝箱があったら、中に何を入れる？」とNHK教育番組のお姉さんになって明るく問いかけてみたのだが、暗い目つきでこちらを見上げている子どもたちからは「俺の屁」「金」「クソ」といった答が返ってきた。

まあこんなものだろうと思いながら、「いろんな箱を用意したから、自分の好きな箱を選んで、色を塗ったり、絵を描いたり、紙や布を貼ったりして、自分だけの宝箱を作ってみよう」と説明を続けるが、子どもたちはさっさと自分勝手に作業をはじめている。

いきなり箱をじょきじょき切りはじめた者もいれば、箱を頭に被り腰をくねくねさせて踊っている者もいる。

鋏で箱を切り開いてしまった極道児リアーナに、「箱を切ってどうするの？」と尋ねると、彼女は当然のような顔をして言う。

「I am making MY box!」

おお。市販のコーンフレークやティーバッグの空き箱を使うことに満足せず、ゼロから自分だけのオリジナルを作ろうというのである。これを創造性と呼ばずして何と呼ぼう。

箱を頭に被って踊っているスタンリーに、「あんた何してんの？」と尋ねると、彼は真剣な面持ちで言った。「I like dancing. My treasure is dancing!」

おお。それはたしかに箱の中に閉じ込めるのは困難なトレジャーだ。

他にも、箱を小さな欠片《かけら》になるまでびりびりに破って空中に放りながら「俺には宝など無いので箱はいらぬ」と宣言するニヒリスティックな三歳児フェリックスや、「Box.Fuck.Box.Fuck」を呪文のように繰り返しながらチョコレートの空き箱にかじりついている一歳児デイジーなど、各人がそれぞれの想いを持って作業にあたっている。

芸術的作業には抑圧されたエモーションを解放するセラピー的側面があるそうだが、きゃつらを見ているとそれは本当のことだと実感する。各人が幼児とは思えぬほどの集中力を発揮しており、その姿は真剣でありながら、同時に物凄く気持ちよさそうだ。

切り開いた箱をぐるぐる丸めはじめた極道児リアーナに、「変わった形の箱だね」と言うと、彼女はわたしの方を見上げた。「これ、望遠鏡」「望遠鏡？　箱はやめたの？」と訊くと、リアーナは丸めた紙を目に当てて窓の外を見ている。「何が見える？」「ダディ」「ダディ何してる？」「煙草吸いながら、Jeremy Kyle Show 観てる」「楽しそう？」「うん」

彼女の父親は服役中なので監獄で喫煙しながらテレビというわけにはいかないだろうが、リアーナは丸めた紙をセロテープでとめ、それにピンクや黄色の羽根を貼って装飾を施しはじめた。

実際、リアーナのクリエイティヴィティには驚かされることがしばしばある。保育コースの教科書には「人と違うことをする」のが人間のクリエイティヴィティの芽生えだと書いてあったが、そうだとすれば彼女にはそれが芽生えまくっている。発想の回路が他の子たちとちょっと違うのである。しかも、実年齢を考えると信じられないほど手先が器用であり、幼児期の脳の発達が手先の動きと密接に関係していることを思えば、大変に賢い子どもであるのは間違いない。

「単に暴力的なだけの子どもじゃないわよ。彼女ほど知的で創造的な二歳児を私は見たことがない」とアニー（レノックス似の責任者）が言う所以である。

ドラッグクィーンの望遠鏡みたいなカラフルな作品を完成させたリアーナは言った。

「これが私のトレジャー・ボックス。私のトレジャーはダディだから」

おお。考えてみれば、箱の中を覗けば自分の宝物が見えるなんて究極のトレジャー・ボックスではないか。

託児所の閉所時間になると、迎えにきた母親にリアーナは自分の作品を見せた。

「トレジャー・ボックス」「箱？　これが？」「うん。これでダディを見るの。ダディは私のトレジャーだから」

望遠鏡を目に当てて得意そうな口調で言うリアーナに、母親はひんやりした苦々しい笑みを浮かべている。こんな寒い日になると彼女の頰の縫い傷が紫色になって鮮明に浮かび上がってくる。自分の顔にこんな傷を残した男とは、警察に通報した時点で彼女はとうに訣別しているのだ。

託児所の子どもたちが全員帰宅し、いつものように清掃を終えて本館のトイレに行くと、洗面台の脇のゴミ箱から見覚えのある派手な色彩が覗いているのが見えた。母親がバッグに入れて帰ったはずの極道児のトレジャー・ボックスがゴミの中に捨てられていたのである。

近寄ってよく見てみれば、無残にもそれはぱっきりふたつ折りにされ、「こんなものはいらないのよ」とばかりに強引にねじ込まれている。

リアーナは泣いただろうか。激怒しただろうか。暴れただろうか。

人間には、創造したいからする人と、創造しなくてはいられない人がいるという。

使用済みの生理用品や大便のついた紙オムツにまみれて遺棄されている色鮮やかなトレジャー・ボックスは、リアーナの創造力の源を象徴しているようだった。

なんとも頼もしくなって、おばはんは微笑を禁じ得なかった。


（初出：THE BRADY BLOG　二〇〇九年二月十六日）

BROKEN BRITAIN——その先にあるもの

十三歳の少年の赤ん坊が産まれた。というニュースや、十七歳の少女が三つ子を産んだ。というニュースが相次いでいる英国で、流行している言葉が「BROKEN BRITAIN」である。

十代の妊娠率&出産率&中絶率が欧州一位のこの国で、若くして子を産む子どもたちがなぜか今さら問題視されている。というのは、彼らが普通に働いている親の子供たちではなく、アンダークラスの子女だからである。

〝十三歳の父〟が十二歳のときにセックスをした十五歳少女の家は生活保護受給家庭であり、当該少年は自由に少女の部屋に寝泊まりすることが許されていたそうだが、他の少年たちも泊りに来ていたらしいので、実際に誰が父親であるかはDNA検査をしてみないとわからないらしい。

また、すでに子どもがいるのに三つ子を産んでしまった十七歳少女の方は、母親も三人の男との間に六人の子どもを産んだ生活保護受給者であり、娘も十代にして四人の子持ちシングルマザーになって、家族十一人で生活保護を受けて生活している。という事実が英国民を激怒させている。

これらの国民の怒りを利用し、「BROKEN BRITAIN」を合言葉に巻き返しを図っているのが保守党だ。日本人の血をひく元党首のイアン・ダンカン・スミスや、英国人のくせに妙に公家顔の党首デイヴィッド・キャメロンが、「英国人のモラルは何処へ行ったのか」「労働党政権が生み出した崩壊家族の文化」と叫んでいるのを見るたびに、ああ、英国はついに保守党の時代に戻るのかなあ。と実感する。

「BROKEN BRITAIN」を生み出した背景として指摘されているのは、一九六〇年代から続いている〝自由と平等が一番大事〟主義である。肌の色がどうであろうと、収入がいくらであろうと、何をして生きていようと、人間は平等に自由でなければならず、全ての機会が均等に与えられなければならない。という理念である。

英国がその〝リベラルさ〟を（建て前として）重要視してきたのは保育のコースを受けていてもわかる。何しろ、課題のエッセイに毎回「平等、機会均等の思想を反映した保育について述べよ」の主題がある。先月書いたじゃんそれ。あれ以上何を書けっていうんだよ。という内容を繰り返し、繰り返し、書かされるのだ。〇～五歳の幼児教育でさえそうなのだから、英国のさまざまな部分でこの理念が（表向きは）重視されているのは間違いない。

であれば、別に十三歳の少年が生活保護受給家庭の少女と子どもをつくったとしても、生活保護受給家庭の娘が十七歳で三つ子を産んだとしても、「モラルがない」とか「壊れている」とか言って誹謗中傷するのはおかしいわけだが、どうしてそういうことを英国のメディアや政治家が言い始めたのかというと、それは世の中が不況だからである。

まじめに働いて生きて来た人びとでさえ雇用主に解雇されたりして生きていくのが大変なこの時代に、ふざけんな。という切羽詰まった怒りがこれら〝アンダークラス〟の人びとの上に集中しているのだ。

底辺託児所のある底辺生活者サポート施設にしても、「大不況が顕在化する二〇〇九年は非常に忙しくなるのではないか」と個人的には予想していたが、実際にはそうではなく、嫌がらせの電話や、塀の落書きや、昼間に乱入してきて叫び暴れる人などが増えただけだ。

大不況で〝アンダークラス〟に落ちた人びとは、それ以前から〝アンダークラス〟だった人びとを認めないというか、忌み嫌っているというか、自分も無職になったからといって、好況の頃から無職だった人たちのコミュニティに加わろうとは思っていない。

そういうわけで最近は底辺生活者サポート施設も警備を強固にしたりしているのに加え、一応チャリティ団体であるために寄付が激減し資金不足に陥っている。

不況になると、寄付を行う人びとも寄付する団体を選ぶのだ。虐待されている子どもや動物を守るためのチャリティや、難病で苦しむ人びとをサポートするためのチャリティに比べれば、〝アンダークラス〟支援施設などというチャリティはどこかふざけていると見なされ、「BROKEN BRITAIN」が叫ばれている昨今の風潮を鑑みると企業もそうした団体への寄付は最初にカットしたくなるのだろう。


水面下ではそうした危機感が漂っているものの表面上はいつものようにまったりしている底辺生活者サポート施設では、今日も凶暴児と極道児が食堂で暴行・恐喝行為を行ってそれぞれの母親からどやしつけられており、二十一歳にして四人の子持ちのステラの子どもたちがネアンデルタール人のように原始的な身なりで走り回り、黄色いゴム手袋をした片目のジョンがバケツをさげて所在なくうろうろしている。

景気のいい時には左翼政党の政治家と一緒に写真を撮られたりして宣伝に利用された彼らが、不況になった途端に右翼政党から社会の恥部、諸悪の根源と攻撃されるのだ。

金の有る時と無い時で基準が変わるモラルなど、屁ほどの有効性もあるものか。北部の方では外国人排斥を叫ぶ輩なども出てきているようだし、この先〝アンダークラス〟への国民の怒りが増大すれば、底辺生活者サポート施設などは真っ先に標的にされるだろう。金が無くなると人間の鬱憤晴らしは下へ、下へ向かうというのはユニヴァーサルな事実だが、こうも世の中が殺伐としてくると、耳元に聞こえてくるのはむかしナザレの日雇い大工が言ったあの言葉だ。

「モラルや信仰よりも大切なものが人間にはある」

駄目な人間には救われる資格はないと思っている人びとには、それがないのである。あんたたちは駄目なのよ、屑なのよ。の、その先にあるもの。とは、〝それ〟に他ならない。

（初出：THE BRADY BLOG　二〇〇九年二月二十日）

背中で泣いてるアウトサイダー

昨年から底辺託児所に来るようになったエジプト出身のムスタファが、もうすぐ四歳になるのを機会に、底辺託児所以外のプレスクールにも通うようになった。が、どうもそちらでは完全に孤立してしまっているらしく、言葉を全く発さないらしい。

英国に来てまだ数カ月にしかならないのだから、同年代の子どもたちに比べれば英語力は絶対的に劣っているにきまっている。それでも底辺託児所ではベーシックな表現を使ってそれなりに意志伝達を図るムスタファなのだが、他所ではむっつり口を閉じたまま一言も喋らず、誰とも打ち解けないというのである。

そういうわけで先方では地方自治体の幼児教育施設サポート部に連絡を取り、ムスタファのために通訳の派遣を手配したらしい。

「うちではそんなの必要ないわよねえ。彼、ちゃんと英語を喋っているもの」

と首をひねるアニーの命を受け、わたしがムスタファの通うプレスクールを見学に行くことになった。

プレスクールというのは、概ね何処かのコミュニティ・センターや教会のホールなんかを借りて運営されている「小学校準備お遊び教室」みたいなものであり、大半が午前&午後のセッションに分かれていて、主に二歳から四歳までの子どもたちが通っている。なぜ四歳までなのかというと、英国の小学校にはレセプション・クラスと呼ばれる幼児部があり、公立の学校に入学する子どもたちのほとんどが学校に通うようになるのは四歳からだからだ。

だから「まだ三歳だから」みたいな悠長なことは言っておられず、さっさとどこかに通わせて集団生活を体験させておかねば。と考える親が大半であり、そういう親たちは夫婦共働きの場合には朝から晩まで子どもを預かってくれる保育園に子を預け、時間的に余裕がある場合にはプレスクールに子どもを通わせることになる。

で、ムスタファの場合はプレスクールに通っているのであるが、あろうことかそのプレスクールのあるエリアが、ブライトンでも有数の高級住宅地なのである。というのも、彼の母親がエジプトから逃げて来て頼った先の親類の家というのがそこにあるからで、と言ってもムスタファの親類の爺さんというのは元清掃作業員の年金生活者なのだが、当該地区がトレンディになって高級住宅街になるずっと前からそこに住んでいたのである。

そんなわけで、ムスタファが通っているプレスクールには、裕福そうなつやつやほっぺのお子さまたちが通ってくる。肌色的にも圧倒的にホワイトで、いかにも高そうなブランド物の子ども服を着たインド・パキスタン系の子どもが数人混ざっている。という感じだ。底辺生活者サポート施設で無料配給されているリサイクルの古着を身に着け、ひょろっと痩せこけた黒人のムスタファは、一見しただけですでにアウトサイダーである。

「階級が云々言い出すのは大人だけ。幼児にはそんなことはわからないし気にもしない」

などということを言うドリーマーな識者が時々いるが、幼児はしっかり自分のバックグラウンドを認識している。むしろ、階級という状況説明用語やそのコンセプトを知らないだけに、大人よりも濃厚&本能的に他者との差異を感じていると言ってもいいだろう。

ある調査によれば、この国の子どもが日々耳にする語彙の数は、ミドルクラスとワーキングクラスで五千語から一万語ほどの差があるそうだが、ガキのくせにやたら難しい言葉を使う某プレスクールの子どもたちの英語は発音も厭味なほど美しい。語彙に乏しくその大半が卑語で、それぞれの単語の最終音をまともに発音しない底辺託児所の子どもたちの英語しか聞いたことのないムスタファにとっては、同じ言語とは思えないほど違って聞こえるだろう。

加え、ムスタファの場合は苦労人である。エジプトではＤＶで父親に痛めつけられたし、渡英してからは底辺生活者サポート施設で昼間から妙なものを吸ってラリってる大人たちにからまれたり、凶暴児だの極道児だのからぼこぼこにされてきた。そんなムスタファが、大人から絵本を読んで聞かされておとなしく座っているばかりか、本気で笑ったりびっくりしたりしているような育ちのいい子どもたちに、今さらへらへら笑って混じっていけるわけがないではないか。

そんな彼は、某プレスクールではずっと後ろを向いていた。彼を遊びに参加させようとする保育士に手を引かれていく時のどんよりした背中。用が足したいのにそれがうまく伝えられず漏らしてしまってトイレに連行される時のしょんぼりした背中。印象として残っているのが、どういうわけかすべて後ろ姿ばかりなのである。

「ムスタファはとても静かで、棒で他の子どもを殴るとか、ナイフを持って他の子どもを威嚇するとかそういうことも一切なく、表面的にはとてもいい子でした」

底辺託児所でアニー（レノックス似の責任者）にそう報告すると、彼女は訊き返した。

「表面的には？」

「ええ。いい子だったんですが、いつも後ろを向いていました。この託児所で、自分が受けた虐待を他の子どもを相手に再現したりする時のムスタファは、ぞっとするほど悪い子ですが、きちんと前を向いている。いい子とか悪い子とかいう表面的判断より、向いている方向のほうがわたしには気になりました」

と言うと、アニーは意味深な笑いを漏らしながら言う。

「あなた、本当に子どもたちに入り込んできたわね。一年前は、なんで私はここにいるんだろう、みたいな情けない顔をして働いていたものだけど」

赤面して黙り込むわたしの足元にムスタファがサッカーボールを蹴りつけて来た。

「Let's play footbaaaaaaaall!!!」

ほらね。彼はちゃんと英語が喋れるのである。

あの地域に暮らす限り、プレスクールでも小学校でもムスタファはアウトサイダーだろう。なにしろ彼が住んでいる地区にはスクールランキング上位の公立校があり、そこに子女を通わせるため家を購入する親が後を絶たず、不況にもかかわらず住宅価格が下がらないエリアだ。貧乏人の分際でその人気校に通えることを考えれば、彼は幸運なのかもしれない。が、自分は部外者であるという意識は今後ムスタファのスクールライフの基盤になるだろう。

「I like football. I like it here ....and ....I like you.」

ムスタファはそう言って、わたしが投げたサッカーボールを蹴り返してきた。

ほらね。彼はちゃんと英語が喋れるのである。

他所での彼の寂しい背中を思い出すと、いいじゃないか、別に昇らなくても。階級なんて。ずっとここで一緒にサッカーしていようぜ。という気分にもなる。

が、きっと、いや、絶対に、そうではないのだ。

負けるな、ムスタファ。

叱咤激励の意味を込めて蹴り返したボールが彼の脚の間を抜けて砂場の方に転がっていく。

それを追いかけて走るムスタファの小さな背中に、春の陽があかあかと射していた。

（初出：THE BRADY BLOG　二〇〇九年三月二十九日）

甲斐性のない女

「もうダメかも」と連合いが言った。

弱音を吐かない男がいよいよそういうことを言い出したので、よほどきつくなったのだろう。

二十一日周期で行われる化学療法も五サイクル目になり、「えっ、まだ働いてるの？」と担当医も驚くほどの頑丈さで毎日ダンプに乗り、積み荷の上げ降ろしを行うなどの肉体労働をこなしている人間が、「体が動かなくなってきた」と宣言しているのだから、治療を受けながら通常と同じ生活を行うことはもう無理なのだ。

「毎日家にいると気が狂いそうになるから、これまで通りの暮らしがしたい」

と言い続けてきた連合いだが、彼がここまで頑張って働いてきた理由には、年度末の三月まで働けば皆勤ボーナスがもらえるという経済的な事情もあるのであり、三月末までは這ってでも行くと主張し、今日も仕事に行っている。

ボーナスと言っても、日本のそれとは違って二十万円にも満たない金額なのだが、そのために癌患者が働かねばならない理由は、このわたしに甲斐性がないからである。

ステロイドも投与されている連合いは日々の気分の浮き沈みが激しく、癌病棟で働いている医師や看護師さんなどはよくご存じだと思うが、沈むと周囲に八つ当たりをすることになる。うちの連合いもその例に漏れないが、わたしの甲斐性のなさについてだけはまだ言及したことがなく、それを考えると一層肩身が狭くなって気持ちが沈下する。


というように、貧乏人の癌というのは、あまり劇的なものでも、文学的なものでもない。

我が家などは初期の頃から非常にリアリスティックかつ事務的な会話が交わされており、

「あんた、もしもの時のために、これだけはやっといてよね」とか、

「俺、二年前にお前に金借りてたから、今返しとく。死ぬと返せないし」とか、
そういう乾いた会話が展開されており、

「あなた、死なないで」とか、

「お前を愛しているよ」とか、
そういうことは一度も言い交わされたことはない。

しかしながら癌という言葉には、他者の人生にはドラマをもたらす効果があるようで、うちの連合いに連絡を取ってくる人の数なども昨年末から激増し、

「癌は俺をスターにした」

と本人が言うような状況であった。中には、

「君は一人ではないということを忘れるな。僕はいつでも君のためにここにいる」

「毎日妻と君の回復を願い、神に祈っている。ジーザスの平和が君と共にありますように」

などというドラマチックなメッセージ付きの花束を送ってきた、何年も会ったことのない知人らもいたが、さすがに癌発覚から五カ月も経過するとみんな飽きたのか、めっきり我が家の電話のベルが鳴る回数も減り、生活にノーマル感が戻ってきた。

これは連合いにとってはいいことだ。何故なら、彼らに対して何度も癌について語らなければいけないことに彼は辟易していたからであり、「今週はどうだった？」「治療はうまく行ってる？」と尋ねてくる人々を避けるため、わたしが電話に出て「彼は

いません」と嘘をつかされることもしばしばだったが、そうすると今度はわたしが質問攻めに遭うことになり、「貴様の稼ぎが足りねえから、彼はいまだに働いているんだよ」みたいなことを遠回しに言う人などもあったので、激憤&気持ちの沈下。を余儀なくさせられることがあって、電話恐怖症になった時期もあった。

善意と好奇心は、まったく非なるものであるようでいて、実はぞっとするほど似ている。

例えば、最近の英国ではテレビなどを見ていても余命数週間と宣言された末期癌のタレントの話題でもちきりだ。天下のBBCニュースまでもが、彼女の動きを逐一追っている。このタレントというのは、リアリティーTVショーで有名になった素人で、ただ有名であるということを職業としてきた女性だが、癌で余命数週間らしいので、二人の子どもたちの将来のために金を残すべく、恋人と結婚式を挙げてその写真を掲載する権利を数億円で某ゴシップ誌に売ったりしている。

英国人は彼女の癌報道に妙に関心を覚えており、その理由は自分たちが知っている人間が本当に死ぬからに他ならないが、もし彼女が死ななかったらどうなるのだろう。

医師の診断に反して彼女が長生きしてしまったりしたら、人々は「死ななかったじゃねえかよ」と言って怒るのだろうか。「さっさと死ね」と罵倒するのだろうか。

「本当に死ぬ」ことを売りにして稼ぐだけ稼ぐと宣言し、数億円の収益をあげている二十代のタレントもいれば、二十万円にも満たないボーナスをもらうために働いている化学治療五サイクル目の五十代の癌患者もいる。

人生がいろいろであるように、癌もいろいろである。

「俺はすぐには死なない気がするな。今までの人生を振り返ると、そんなにラッキーじゃないから」

当該タレントのニュースを観ながら連合いは言った。

これまでの人生の経緯、性質などを鑑みると、彼の場合は確かにじりじりした長期戦になるだろう。そして世の多くの癌患者もまた、「癌にかかりました」「すぐ亡くなりました」という劇的な経緯で散るのではなく、ひっそりとしょぼいところで踏ん張り続けているのだ。

「普通病気ってのは治療が進めば気分が良くなるんじゃないか？　この病気は治療が先に進めば進むほどクソみたいな気分になる」と連合いは言う。

どうも癌というのはそういう病気のようで、体に毒を入れて延命しようとしているのだからまあそれも当然だろう。

惜しまれて死ぬ人。と、毒にまみれて延命する人。

どちらが好みかといえばわたしの場合は圧倒的に後者だ。

連合いのスキンヘッドに一部だけ髪が生え戻って来た。

「白髪？　金髪？」と連合いは訊く。「きらきらしてるから、金髪」

「おおーっ、GREAAAAAAT!」

久しぶりに嬉しそうに笑っている連合いの毛をわたしはまた剃刀で剃り落とす。

刃についてきた五ミリほどの細ぼそとした髪は、本当は真っ白だった。

甲斐性のない女。

自嘲的に発しているつもりのこの言葉が、これほど他嘲的に響いたことはない。

（初出：THE BRADY BLOG　二〇〇九年三月六日）

ガキどもに告ぐ。こいのぼりを破壊せよ

屋根よりた～か～いこいの～ぼ～りいいい。大きいまごい～はぁ～おとっつぁん～。などと鼻歌を歌いながらこいのぼり工作にいそしんでいるのは、何も幼い息子がいるからというわけではない。

底辺託児所でこいのぼり製作をしようと思っているのだが、いい意味で言えば独創的。悪い意味でいえばやりたい放題で収拾がつかないやつらのことなので、日本の保育園のように最初から目標とするモデルを設定しておいて、そこに到達できるようにあらかじめ画用紙を魚形に切っておくとか、鯉の目玉を用意しておくなどして、全員を同じゴールに導く。というやり方では無理だ。ではどのような素材を準備して各人にやりたい放題させればよいのか、酒をかっくらいながらあれこれ試行錯誤中なのである。

わたしは季節の行事などはわりとどうでもいい方だが、底辺託児所では一応子どもたちと一緒にひな人形製作もやってみたし、正月には凧なんかも作ったりした。当然

ながら底辺託児所のことなので、全員真っ黒な喪服のひな人形セットや、人間のお内裏様&羊のお雛様という発禁ポルノ系な組み合わせのひな人形もあったし、体中に糸を巻きつけて自分が凧になって走り回っていた者もいたし、その子どもが体に巻いた紐を引っ張ってぎりぎり他人の肉体を絞めあげて喜んでいるSな幼児なんかもいた。

　多様性を教育の柱のひとつにしている英国では、幼児教育現場でもさまざまな国の文化を紹介することが奨励されているわけだが、わたしにとっても子どもたちに日本文化を紹介するのは面白い。

　たとえば、昨年の子どもの日に新聞紙で折った兜《かぶと》を見せた時である。

「どうしてボーイズの日だからと言って、男子がそんなものを被らなきゃいけないんだろ？　ボーイズがみんなヒーローになりたいと思ってるとは限らないし、サムライの恰好なんてダサいと思うファッショナブルな男子だっているはずだ」と、当時五歳のレオが言った。彼はアートデザイナー系のゲイの両親に育てられていたから、そりゃあ武者人形だのなんだのという世界はアホみたいに思えたはずだ。

　また、ひな人形を製作した時には、女児メイが紺色のフェルトで着物を製作しはじめたので、「プリンスの着物を先に作ってるの？」と尋ねると彼女は答えた。

「プリンセスの着物だよ。プリンスの着物はピンクにするんだ。ブルーを見るとすぐ男の子の色だと思う大人はファッキン・スチューピッドなんだってマミイがいってたよ」

言い方は断定的できついが、彼女とその母の主張は正しい。

貧民リベラル。という思想が存在するのかどうかは知らないが、①世間体だのおモラルだのというものに屁ほどの価値も感じない（というかそんなものは何の腹の足しにもならない）ところで生活している人びとの考え、②自ら選んで社会の底辺に落ちて来た、物質的なものではなく精神的なものを重んじて生きようと決めた人びとの、理想郷的リベラルワールド。は、実際のところ非常によく似ている。そのことは、①および②タイプの親の子どもたちが一緒くたになって遊んでいる底辺託児所で働いているとよくわかる。

幼児たちの言うことは、共通して〝ノーマル（人並み）〟のコンセプトを疑い、拒否しているからだ。

お父さんとお母さんがいて子どもがいる家庭がノーマル。なんで?

両親が女性&男性で構成されている家庭がノーマル。なんで?

親は勤労していてその収入で生活する家庭がノーマル。なんで?

じっさい、②タイプの親には政府の教育制度を信用してない人が多いので、〝ホーム・エデュケーション〃制度を選択し、子どもを学校に通わせていない人が多く、底辺託児所にはそうした学校に行かない子たちの妹や弟が来ているので、子どもは毎日学校に通うのがノーマル。みたいな考え方にも、なんで？　となる幼児は少なくない。壊れている。とも言えるだろうが、視野がワイド。とも言える。

「人間はこうでなければいけない」から、これほど解放されている子どもたちも珍しい。

労働党政府が打ち出している教育の一大テーマは、社会包摂だ。身体的&精神的能力がどうであろうと、人種が何であろうと、性的オリエンテーションがどうであろうと、宗教や信条、思想がどうであろうと、社会的・経済的階級が何であろうと、全ての人びとを同等に受け入れ、社会の中に包摂しましょう。という社会的包摂の理念が教育にも反映されているわけである。

この考え方の基盤にあるのは、「ノーマルの基準は人によって違うのであり、〃こうでなくてはいけない〃ということはない。だから全ての人間に社会参加の権利がある」ということだ。

英国がこのような理想を本気で推進するに至ったのは、国内（とくにロンドン）に外国人が激増したこと。そして、〃（とくに米国を意識して）インテリで寛容〃な国民性であることを自認している人が上層部に多いからだが、現状としての社会的包摂は完全にコケているというか、そんな言葉とそのコンセプトがあることを聞かせたら、たとえば白人のティーンエイジャーに刺されたことのある近所のたばこ屋のインド人の大将なんかは爆笑するか激怒するかのどちらかだろう。

が、わが底辺託児所に来ているガキどもの貧民リベラルなスタンスに触れる時、この託児所ほど社会的包摂が進んでいる場所はないのではないかと思うことがある。〝こうでなくてはいけない〟の枠からこぼれ落ちたところで生きている子どもたちは、そういう概念を通して他人を見ることはないので、誰でも受け入れられる度量を持っている。

先日、英国政府の幼児教育施設監視機関であるところのOFSTEDの職員が底辺託児所へ監査にやってきた。インターネットでも閲覧できる同機関の底辺託児所監査レポートには「社会的包摂の推進がこの施設の最大の強みであり、彼らが行うこと全ての拠り所になっている」と記されている。

「なんでボーイズ・デイはサムライ人形を飾るのに、ガールズ・デイはプリンスとプリンセスの結婚式の人形を飾るの？　ひょっとして日本のガールズは、結婚することがハッピーになることだと思っているの？　……ジャパニーズ・ガールズってドリーマーズだね」

とメイは言った。こんな言葉を吐く五歳児は日本の保育施設にはいないだろう。ガラが悪くて貧しいだけではない。何か非常にレアなものが彼らの中で育っている。

というわけで五月五日は紙と布と紐と絵の具だけ用意して後はどうにでもなれ方式でいくことに決めた。

鯉なんて面白くないと言って豚を泳がせるやつや、絵の具を自分の顔に塗って鯉みたいに口をぱくぱくさせているやつや、製作の主旨を全く無視して画用紙に黙々と風景画を描きはじめるやつなどが続出し、さっぱりわけのわからない状況になっているだろう。

それでいい。というか、それがいい、のである。

〝こうでなくてはいけない〟ということはないのだ。

（初出：THE BRADY BLOG　二〇〇九年五月二日）

I'll Miss You

　しばらく顔を見せなかったアリスが、久しぶりに底辺託児所に来ることになった。と思ったら、アニー（レノックス似の託児所責任者）にアリス宛の Farewell カードを渡され、寄せ書きしろと言われた。

「へ？　久々に来ると思ったら、いなくなっちゃうんですか？」「ヨークシャーに引っ越すの。向こうに母親の親戚がいるらしくて、アリスの面倒を見るのを手伝ってくれるらしいから、彼女もそっちに引っ越したほうが、仕事が探しやすいって」「そりゃまた遠いっすね……」

　わたしはカードの中に言葉を書きこむ。

　I'll miss you! Lots of love from Mikako ×××

　ありきたりの言葉だ。

　あの世界全体を恐れているようで同時に舐め切っているような、異様に大きな目をした白髪の女児に贈る言葉にしては、あまりに普通で、あっけない。

翌朝、母親に手を引かれて託児所に現れたアリスは、新品のピンク色のワンピースに、色とりどりの花の刺繡がついた若草色のカーディガン、ぴかぴかのピンクの革靴まではかされていた。

いつも底辺生活者サポート施設で無料提供しているよれよれのリサイクリング服を着せられ、それも平気でサイズが合わないものを着せられているものだから、シャツの袖が長過ぎて案山子《かかし》のような状態になっていたり、ズボンの丈がちんちくりんでステテコのようになっていたアリスの姿を思えば、劇的な変化である。

しかし、母親に着飾らされたアリスの姿は、それはそれで何処かちぐはぐであり、妙にサッドな感じがした。

「叔母が住んでいるのは、小さなヴィレッジで、羊やウサギや馬がうろうろしていて、ああいうところのほうが子どもの養育のためにはいいと思って……」

アリスの母親は、大きな声で引っ越しの理由をアニーに語っていた。

「それは最高の環境ね。あなたの子どもたちにとって」アニーは微笑みながらそう答える。

「そう思わない？　ミカコ」

「ええ。アリスはウサギが大好きだから、きっとすぐに引っ越し先が気に入るでしょうね」

さわやかな会話だ。

だが、さわやかな会話以外に何が出来るというのだろう。

「プリンセスみたいだね、アリス。その服に似合う髪にしようか。鏡の前に行こう！」

野獣児のくせに鏡の前でアクセサリーをつけるのが大好きだったアリスに、わたしは言う。

アリスはわたしに手を引かれるまま、鏡の前に立った。

洞窟のようにぽっかり開いた暗く大きな瞳で、自分の姿にじっと見入っている。

以前より一段と痩せている。

小さくなった顔の面積に対する目の割合が一層大きくなり、ひらひらの服を着せられたガイコツのようだ。

「これが可愛いんじゃない？」とピンク色のボンボンのついたヘアピンを渡すと、アリスはそれを床に投げ捨てた。

「NO！」

「じゃあ、これは？」と赤と白のストライプのリボンがついたカチューシャをアリスの頭につけてみる。

「NO!」またもやアリスは不機嫌そうにそれを床に投げ捨てた。

わたしと鏡の前で美容院ごっこをしていたことなんて忘れてしまっているのだろう。二歳児の三カ月は長いのである。

すると、唐突にアリスが言った。

「私は醜い」

「そんなことないよ。アリスはプリティだ」

「プリティな服を着ても、私は醜い」

「そんなことないよ。どうしてそう思うの?」

「……そう言われたから」

「誰に?」と尋ねるとアリスはきゅっと口をつぐむ。

「これが私と子どもたちにとって、クリーンでフレッシュなスタートになるんです」

アリスの母親は何度もそう言って、朗らかに笑いながら託児所から出て行った。

母親の姿が見えなくなると同時に、アリスは帽子やアクセサリーが入った箱の中のものを片っぱしから引き出して床や壁に投げつけはじめた。

何かが彼女を悩ませている。そしてこういう時の彼女の行動は、たいてい他の子どもたちへの無差別暴力へと変わる。

彼女が野獣化した時に備えて、付近を這いまわっている赤ん坊を抱きあげたり、テーブルの上のハサミをそれとなく高い場所に移動したりしていると、わたしの足もとにアリスが近づいてきた。レースの飾りのついたカチューシャをこちらに差し出して、小首をかしげながら言う。

「これを着けて、鏡を見てごらん」

いつもわたしがアリスに言っていた台詞そのままだ。

わたしは言われるままに鏡の前に座って自分の顔を見た。

ひらひらレースのカチューシャを着けた四十四歳のばばあの滑稽な顔がそこにあった。

「You are pretty. You are very pretty」

アリスはわたしが彼女にそうしていたように、わたしの背中をさすりながら言う。

「ありがとう、アリス」

アリスは大きく見開いた目で、鏡の中のわたしをまっすぐに見て言った。

「I'll miss you」

ありきたりの言葉が、わたしのこころを蹴破った。

（初出：THE BRADY BLOG　二〇〇九年十月六日）

「あんた、まだここにいるのかい?」

そろそろわたしもそういう言葉をかけられる身分になった。

極少ながらも収入があって税金も納めているわたしは厳格に言えばアンダークラスに生きる人ではないのだが、長年の貧乏生活のため全身から漂うルーザー臭もあるのだろう、すっかり底辺生活者サポート施設に集う人々と同化している。

「あんた、まだここにいるのかい?」

と、いつもわたしに皮肉っぽく声をかけてくるのは、五十代後半のボランティア、リチャードである。彼は食堂の洗い場およびカフェ部門(っつっても、ティーバッグで紅茶作ったり、インスタントのコーヒーをスプーンでカップに入れてコーヒー作ったりしているだけなんだが)担当であり、暑い夏の日も雪降る冬の日も、必ず休まずにそこにいる。

彼も十年単位で金銭を貰える仕事に就いたことのないコアな無職者の一人であり、人の噂によれば元々は自分の会社を率いるビジネスマンだったらしいのだが、そのビジネスがうまく行かずに破産に追い込まれてアンダークラスの人となり、妻子にも愛想を尽かされて独り身になってからは、特に働かなきゃならない理由もないしってんで、ずるずると十何年も当該センターに出入りしているらしい。

そういう敗北経験とその後の孤独な人生によって彼は大変に人間の出来た御仁となったのであった。と書ければ読み物としては美しいが、現実にはそういう苦境は人間を歪ませてしまうのか、このおっさんはどうにも意地が悪い。

わたしが底辺託児所でボランティアを始めた頃、下っ端として紅茶・コーヒーのリクエストを託児所スタッフから賜り、カフェのカウンターでこのおっさんにその内容を告げると、必ず彼は間違えた。で、「それはミルク入りコーヒーでシュガーは2スプーンって言ったでしょう」とわたしが言うと、「あんたの英語の発音がひどくてわからなかった」とにやにやしながら言い、「つくり直してください」とこちらが言うと、「施設の資源をあんたの英語のために無駄にはできない」と、唇を噛んでいるわたしの顔を見ながらゲラゲラ笑うのであった。

しかし彼がこのような態度を取るのはわたしだけではなく、外国人スタッフには一様にそうらしいが、よく観察してみると彼の意地の悪さは外国人にも英国人にも平等に適用されているのだ。

この寒空の下、ホームレスとして生活しておられる方々が当該施設の食堂のカウンターの前に群がり、無料のパンやフルーツなどをスーパーの袋に入れているのを見ながら、

「あんたね、そうやってガツガツ食うから路上で生活してるわりには瘦せないんだよ。瘦せないから物乞いしても金が貰えないの。まったくバカだなあ」

とそのうちの一人に言って相手を激昂させたり、シェルターからシェルターに移り住み、満足にシャワーも浴びられない母子に対して、

「臭いね、君たちは。近くに来ないで。僕はたいがいのことには耐えられるけど、臭いだけは駄目なんだ」

と言ったりする。貧者同士の友愛のスピリットというものが彼には欠けているのだ。

今年の底辺託児所クリスマス・パーティーでは、そんな彼が食堂のカウンター担当になる。と決まった瞬間からその人選ミスは明らかであった。パーティーのカウンターといえば、サンドウィッチだのソーセージだのが並べてあって、サンタさん帽子を被った食堂ボランティアが愛想よく子どもたちに給仕している。というのが例年のパターンだったはずである。


しかし、今年の給仕係は予想通りサンタさん帽など被っておらず、無愛想な態度で
「はあ？　何が欲しいんだい。きちんと言ってもらわないとわからないよ」

と、まだカタコトしか喋れない幼児を威嚇したり、

「何だ、その物の頼み方は。May I have that one please と言え。ったく最近の若いもんは言葉の喋り方を知らん」

と、〝may〟などという助動詞は使わない子どもたちをつかまえて無理難題を言う。〝優しいサンタのお兄さん〟どころか、〝怒れる爺さん〟が給仕しているので、並んでいた子どもたちも次々と引き始め、カウンター上の食べ物が全然減らない。

「あれはちょっと最悪の人選だったかも」

別のスタッフとそう話していると、

「あれしか都合がつかなかったのよ、今年は」

と背後で聞いていたアニー（レノックス似の託児所責任者）がため息混じりに言う。

「ファッキン・クソじじいが、死にやがれ！」

ついに凶暴児ジェイクがサンドウィッチをリチャードに向かって投げつけた。

誰かが先陣を切るのを待っていたとばかりに別の子どもたちもポップコーンやらケーキやらを投げ始める。

「ちょ、ちょっとやめなさい、あんたたち。リチャードを攻撃するのはやめなさい」

今年は食堂整理係を務めていたわたしは子どもたちを抑えようとするが、きゃつらの気持ちはわかる。だからと言ってライオットはよくないんだけれども、でもわかってしまうの。なぜなら、おばはんは元パンクだから。と葛藤しているわたしの頭上に、紙皿や靴や紙おむつまで飛び始めた。

「大勢で寄ってたかって一人の人間を攻撃するのはやめなさい。文句があるなら、一対一で言うこと。託児所のルールを忘れましたか？」

アニーが涼しい声で諭すが、集団でエキサイトしている子どもたちがそう簡単におさまるわけがない。結局、リチャードが会場から姿を消すことによって暴動は徐々に収束したが、靴下やらミニカーやらにまみれた食べ物は、ぐちゃぐちゃ&不衛生でもはや食える状態ではなかった。

そんなわけでいつにも増して盛り上がったパーティーも終わり、散らかりきった床の上を掃除していると、どこからかリチャードが戻って来て

「プレゼントは余ったかな？」

と言う。もともと幾つか余分に準備していたのでプレゼントは余っているが、なんでそんなことを訊いてくるんだろう、と思っていると、アニーが近づいてきて

「ええ。持って行っていいわよ」と言う。

アニーが赤いラッピング・ペーパーで包まれたプレゼントを二つ渡すと、リチャードは珍しく殊勝な顔で「サンクス」と言い、そのまま当該施設から出て行った。

「孫たちへのプレゼントらしくって、毎年ああやって余った分を貰って行くの」

子どもたちが投げたケーキのクリームがべっとりついたガラス窓を拭いている古参スタッフが言った。

「じゃあ、お孫さんたちとは一応会ってるんですね」

「ううん。結局、今年も会えなかったと言ってクリスマスの後にはプレゼントを返し

に来るの。毎年、同じことの繰り返し」

床を掃きながら窓の外を見下ろせば、坂道を降りて行くリチャードの姿が見えた。
両脇にプレゼントを抱えた、根性の歪んだサンタの背中に小雪が降りかかる。
あの後ろ姿に似合うのはジングルベルよりブルーズだ。

（初出：THE BRADY BLOG 二〇〇九年十二月二十一日）

アナキスト・イン・ザ・UK

長いこと、わたしは底辺生活者サポート施設が嫌いであった。それをネタにしてブログを書き続けてきたものの、嫌いだったのだ。

わたしは底辺託児所と底辺生活者サポート施設を切り離して考えようとしてきたし、なんかこう、あそこにゆったりと流れている空気というか妙な連帯感というか、そういうものに侵されてしまうと、もはや人ではなくなると考えていた。

「何も持っていない人びとを支え、何かをはじめさせようとする、この施設はブリリアントだ」

「コミュニティ・スピリットが最高」

みたいな熱いことを言う奴を見る度に、働かねえから何もないんだろ。そりゃあみんな仕事しないでだらだらしてるんだから、気分的に平和で助け合いの精神も生まれるわな。みたいな醒めた目線で見ていた東洋人。それがわたしであった。

翻って、先日のマルコム・マクラレンの葬式である。

「(俺たちをだまくらかした時の)現金、一緒に持ってった？　棺に入れてる？　明日、墓に戻って来て掘ってもいいかな」という〝お決まり〟の追悼メッセージを寄せたスティーヴ・ジョーンズ。マルコム・ヴァージョンの〝You Need Hands〟に合わせて歌ったポール・クック。近所の気さくなおっさんみたいな風情で教会に腰かけていたグレン・マトロック。ジョニー・ロットンことジョン・ライドンのインパクトある不在も含め、セックス・ピストルズのメンバーは、それぞれがきっちり自分の役割を演じていた。

が、そんなことより、ぼんやりとテレビで見ていて気になったのは、マルコムの棺を乗せた馬車を一目見ようと街角にたむろっていた七〇年代パンク風の人びとの姿であった。

クリーンカットなパンク君たち(思えば、日本のパンクは九九％これであった。三十年前でも)の中に混じり、なにかこう、だらけきったというか、もはや半分人間というか、三十年前から同じ服を着て、しかも一度も洗濯してないんじゃないかというような汚物悪臭系パンクや、服装は全然パンクではないがリサイクルし過ぎて破れた服はもはや普通の社会人ではないよね、みたいな人びとがいる。

ああ、こっちの方は、底辺生活者サポート施設のかほり。と思いながら飯を食っていたら、本当に関係者がいた。「子どもへの最高の教育になると思ってブライトンから来た」と言って路上に三人の子連れで座っていた、鼻ピアスのアナーコ・フェミニストの女性だ。

アナーコ・パンク。
アナーコ・フェミニズム。
アナーコ・マルキシズム。
アナーコ・菜食主義。

底辺生活者サポート施設には、〝アナーコ何ちゃら〟のイベントのチラシやポスターが氾濫している。

これまでこのブログでは彼らを「自分の意志で底辺まで降りて来たインテリ・ヒッピーたち」と称してきた。が、実は、あまり使いたくなかった言葉なのではあるが、このタイプの底辺生活者サポート施設利用者たちは〝アナキスト〟なのである。

セックスピストルズの〝アナキー〟は、反体制的な〝心の持ちよう〟であった。彼らが謳った〝アナキー〟とは、あくまでも〝心のアナキズム〟であり、反逆者的アティテュード&スタイルを総称するための、ポップなスローガンだった。だから、会社員や公務員のアナキストがいてもかまわないわけだし、心のアナキストは政府に税金も払う。が、アナーコ何某の方々はこのような半端なスタンスを良しとしない。彼らはマジでアナキストだから税金も払わないし、穢れ切ったビジネスの世界には参加せず、環境を破壊するスーパーマーケットなどでは間違っても買い物しない。畑を耕して、自給自足だ。

自らの思想のために、金銭の流通する生産&消費換金システムの枠の外で生きている。と書くと恰好いいが、ぶっちゃけた話、彼らもアンダークラス民と呼ばれる。アナーコ方面の人びとは子どもができると、学校などという国の政策の出先には通わせず、ホーム・エデュケーションを施すことになるが、生活保護受給者が子どもを学校に行かせてないとなるとソーシャルワーカーも絡んで来るし、現実的にはいろいろとずず暗い側面がある。

アナキストでも食っていけてるし、ソーシャルワーカーに子どもを取られたくない。というような人びとが、噂を聞いて頼って来るのが、わが底辺託児所のアニー(レノックス似の責任者)だ。なので、底辺託児所にはアナキストの子女がけっこういる。

あまり書きたくなかった話だが、底辺託児所のことを〝アナーコ託児所〟と呼ぶ人さえいる。

ということは、そこで働きながら資格を取ったわたしは、アナーコ保育士？

ふと思って、わたしはのけぞって笑った。

わたし自身は全然アナーコ何某ではないし、そうだったこともない。

心のアナキストでもないし、もはやそんなことはどうでもよい。

だからマルコムの棺を見ようと路上に座り込んでいたアナーコ・フェミニストの母親と三人の子どもたちの姿をテレビで見ても、「あーあ、またそういうことを言って子ども連れでテレビに映ったりして、ソーシャルワーカーが見てたらどう思うだろうとか、考えないのかなあ」とムカつきを覚える。

レズビアン寄りのバイセクシャルであるアナーコ・フェミニストの母親は、ドラッグ乱用の過去などもあるので、かなり深刻にソーシャルワーカーから介入されている。彼女の息子の十九カ月になる男児は、託児所でわたしになついていて、とても可愛い。ブチ切れると年齢にそぐわない凶暴性を発揮する子だが、当該託児所にはよくいるタイプなので、とくにどうということはない。

この男児と母親は、愛着関係が構築できてないと専門家に判断されたらしい。

第一印象や、自分の〝直感〟を信じて親子関係を判断するのは危険である。ということは、特殊な託児所で働いて来たのでよく知っているつもりだが、しかし「児童保護問題では、最終的に頼りになるのもまた、自らのガット・フィーリング（直訳すると〝腸感〟。いい言葉だな）しかないのよね」というのはアニーの言葉であり、そうなんだろうなと最近思う。

わたしは、アナキストでバイセクでフェミニストな母親と、十九カ月の末っ子の関係を信じる。それが、わたしが自分の腸で感じていることだ。だから彼らが地方自治体によって引き離されつつあることは、とてもかなしい。アナーコ託児所は、わりとかなしい職場なのである。

再び翻って、マルコム・マクラレンの葬儀である。

カムデンを通って墓地に向かう馬車と、葬儀の参列客を乗せたグリーンのダブルデッカー。七〇年代パンク風の兄ちゃんたちが後部に飛び乗っているダブルデッカーの行き先はNOWHERE。

これだけベタベタにピストルズな葬儀は、ジョン・ライドンが他界してもないだろう。

「子どもへの愛情は感じられなかった」と公言していたマルコムが、実の息子と義理の息子が子どもの頃、いっぱしの巷の親のようにベッドタイム・ストーリーを聞かせていたという。

「彼が語って聞かせるストーリーはいつもカラフルで、素晴らしかったが、完結することがなかった。続きは自分たちで考えろと言われた。彼は何かをはじめるんだが、自分で終わらせることがない。それが僕や、多くの人びとにとっての、彼の伝説だ。続けていくのは僕たちなのだ」

ヴィヴィアンの連れ子だった義理の息子の追悼の言葉だ。

〝心のアナキスト〟を貫いて生きている人。

もはやそんなことはどうでもよくなった人。

本気でアナキストになってしまった人。

アナキストゆえに政府に子どもを取られそうになっている人。

ピストルズが語りはじめたストーリーはいろんな方向に発展し、恰好よかったり、どうにも情けなかったりしながら、現在でも続いている。

ふと、己のしょぼい続き具合についても考えてみた。

何の因果かアナーコ保育士。

逃れても逃れても、引きずり下ろされる何かがあるのだとこの頃では諦めている。

マルコム・マクラレンの棺を乗せた馬車の窓から、Ⓐのアナキズムのシンボルマークに模《かたど》られたフラワー・アレンジメントが覗いていた。

（初出：THE BRADY BLOG 二〇一〇年四月二十七日）

五輪閉会式と真夏の七面鳥

彼のことは、以前、書いたことがあったと思う。

うちの連合いの、ハンサム過ぎて寂しい中高年期を過ごしている友人のことである。連合いの出身地、レイトンストーンというところは、日本の某メディアが「元はこの辺りはスラムだった」と表現していたオリンピックパークから近い場所にある。デイヴィッド・ベッカムやジョナサン・ロスなどが生まれ育った場所としても有名だ。

連合いのハンサムな友人Mは、現在でもそのレイトンストーンに住んでいる。ハンサム過ぎて堅気の仕事をする気になれず、売れないバンドのフロントマンだの、テレビドラマのちょい役だの、そういう感じの仕事ばかりしながら不特定多数の女性とセックスばっかりしていた。という人生は、若い時分にはずいぶんと幸福だったようだ。が、四十五歳を過ぎて容貌が徐々に衰える頃から、彼の人生に悲哀の色が見えはじめた。

「時代遅れの長髪のおっさん」と若い娘たちには笑われ、でっぷり太った近所のマダムたちとはセックスし尽くした。

みたいな、牧歌的な顚末ならまだ良い。

そうではなく、いつしか彼の近所からは同国人女性が消えていた。街を歩いている女性は、頭部にぐるぐる巻物をしたムスリム女性や、英語で喋りかけると目を剝いて沈黙するポーランド人女性ばかりになった。黒人女性も多いが、それはたとえばビヨンセのような英語を母国語とするミルクコーヒー色の肌のブラックではなく、アフリカから来たばかりです。という移民の女性たちだ。

ブライトンなんてのは地方都市なので、英国人が居住者の大半を占める。しかし、ロンドン東部のレイトンストーンは、道を歩きながらすれ違う人びとが十人いたとすれば、そのうち白い英国人はひとりいるかいないか、だ。

だいたい、匂いが違う。こんなむせ返るような路上のスパイスの香りは、ヨーロッパで嗅げるものではない筈なのだ。そんなところに、若い頃はハンサムだったことを偲ばせる五十代の英国人男がひとりで暮らしていたとして、近所の有閑マダムに大人気になる筈がない。

「まず、言葉が通じないんだよね」

とMは言った。

「レストランでも、スーパーマーケットでも、銀行でも、従業員は外国人ばかりだから、俺のコックニー訛りの英語が理解できない。ロンドンのイーストエンドに住んで、コックニーが使えなくなる時代が来るなんて、三十年前には誰が想像できただろう」

苦々しい顔で言うMの脇で、ロンドン五輪閉会式を見ていた連合いが言った。

「こういうショーを見ていると、俺もロンドンに帰って来たくなるけど、これはリアリティじゃない。ノスタルジーだ」

「まあな。でも、ノスタルジーにでもすがらないと、生きていけない時ってあるから」と言うMの言葉に、わたしと連合いは黙り込む。

癌の診断を受けた人間が言う言葉には、健康な人間のそれとは違う重みがあるからだ。

まったく、五十代というのは癌世代なのだろうか。連合い、連合いの姉ふたり、懇意にしている連合いの同僚、と、ここ数年の間に癌の治療を受ける人間が相次ぎ、今度はMである。

喉頭癌の診断を受けたMは、介護していた父親を二年前に亡くしたので、現在はひとり暮らしだ。タイに旅行した時にバーで出会ったというタイ人の若い娘を呼び寄せ、しばらく一緒に暮らしていたようだが、なんとなく空しい気持ちになって国に帰ってもらったという。

「喉頭癌の診断を受けたときに、病院でクエスチョネアをもらって、待合室で書かされたんだけど、オーラルセックスの経験は何回ぐらいあるか、とか、これまで何人の相手とセックスしたか、とかいう質問があってさ。さすがに、五百人前後、と書くのは気が引けたんで一桁減らしておいた」とMは笑う。

しばらく連絡が途絶えていたMが癌の診断を受けたと聞いたとき、連合いは、「ロンドンに行くぞ。癌の治療は、孤独に行うか、親しい人間たちに支えられて行うか、のどちらかだ。Mは孤独にできるタイプじゃない。電話の声が妙に甘えてた。お前は、Mの好物のクリスマス・ディナーをつくってくれ。癌の治療がはじまったら、食べ物の味が変わって、好物もへったくれも無くなるから。ほんで、それを食いながら、みんなで五輪の閉会式を見ればいい」と、一瞬のうちに決めた。

四歳のときからMを知っているというのだから、連合いの判断は正しかったのだろう。週末にいきなり訪ねて来たわたしたちを見た時、彼は気取って迷惑そうなリアクションを繕ったが、目は妙に潤んで嬉しそうだった。

そんなわけで、真夏に七面鳥を焼かされ、ブレッドソースまで手作りして、わたしはレイトンストーンでロンドン五輪の閉会式を見ていた。

「こんなの見て、俺らが『自分たちってクールな国に住んでるわ』と感激するとでも思ってるのか。ストーンズは何処にいった?」

「ロンドンがテーマなら、ピストルズだろう? グレン・マトロック単身なら出演オファーを受けた筈だが」

「何がナオミ・キャンベルだ。ツイッギーを出せ。あの年齢であのルックスを保ってるからこそ彼女は伝説なんだ。ナオミなんて、単なる後退禿げだろ。タブロイドの写真見たか」

七面鳥を食べながら、Mは盛り上がっていた。

「ストーンズやデヴィッド・ボウイはいらねえよ。ミドルクラス臭ぷんぷんで」

「なんでジョン・レノンが神格化されてんだよ。ケイト・ブッシュならわかるけど」

「いや、レノンはそれに値する」

「また、おめえはアイリッシュ系ブリティッシュだから、すぐレノンの肩を持つ。あの男は過大評価され過ぎ。っつうか、これは英国人の目線じゃねえんだよ。あくまでも外国人が想像している英国人の目線だ」

連合いとMのほとんど口論と言ってもいいような会話を聞きながら、わたしは思っていた。

癌宣告を受けるなどという人生の一大事に直面しながら、これだけ熱く語れるものがあればいいんじゃないかと。これだけ黙ってはいられない何かがあればいいんじゃないかと。

というか、きっと英国人というのは、音楽でこういう局面を乗り切って来た人びとなのだ。

そう思えば、安っぽくてコマーシャルな閉会式も、違う意味合いを帯びてきた。

「この死人はいらね。フレディ・マーキュリーなんてよ」

「おめえは頑なにゲイを否定するけど、それってひょっとしてそのケがあるから?」

「いや、俺はペット・ショップ・ボーイズは評価している。こっそり、モリッシーも」

「マジかよ。あんなマンチェスターのポテト・ヘッド」

「何言ってんだ。濃ゆさという意味では、マンチェスターはロンドンよりクールだ」

「これだからマンチェスターとかアイリッシュとかは困るんだよ。てめえらには根本的にクールの意味がわかんねえ。芋くせえから」

末期癌の宣告を受けたばかりのMは、実に生き生きと語っていた。

閉会式の大トリを務めるThe Whoが出た時には、Mも連合いも静かになった。

「ああ、こいつら、本当に出てきた……」

「うん。カイザー・チーフスのところで、あれで終わりかと思ったけどな」

と言ったきり、急に静かになったおっさんふたりを茶の間に残して、わたしは台所で洗い物をはじめた。

十一時半に終了予定だった閉会式なのに、とっくに深夜〇時を超えている。台所の壁を通して、隣家でも閉会式を視聴している音が聞こえてきた。昨年のロンドン暴動後、警察に連行された息子がふたりいたという子沢山の黒人家庭だ。

「暴動の後にはこの辺りにもしょっ引かれたガキが結構いたけど、今年はなぜか、オリンピックで一儲けしようとしてTシャツとか土産物をひたむきに売ってる奴らとか、真面目にボランティアに志願して、開会式で踊ってた奴もいたぜ」とMは言っていた。

その五輪も閉幕する。

明日からは、街も、人も、平常運行に戻る。

一週間も経てば、みんな五輪のことなど忘れてしまっているだろう。

そして、その頃にMは癌の治療をはじめるのだ。

抗がん剤と放射線のダブル療法だという。

Yeah, I hope I die before I get old (Talkin' 'bout my generation)
This is my generation
This is my generation, baby

茶の間に戻ってみれば、五十代半ばのおっさんたちはふたりともソファで寝ていた。
大音量で響いていた隣家のテレビの音も、いつしかぷっつり消えている。

（初出：THE BRADY BLOG　二〇一二年八月十七日）

さらば、底辺託児所

金がもらえる保育の仕事を毎日することになったので、このたび正式に底辺託児所を去ることになった。金銭的余裕があったなら、一生ボランティアしたかもしれないが、まあ人生とはリアルなものであるから、そういうわけにもいかない。

マイ・ラヴリー・リトル・レイシストのジェイク、

戦慄のゴシック児レオ、

凶暴児リアーナ、

「I'll miss you」の一言でわたしの心を蹴破ったアリス、

失禁と脱糞に苦労させられた元被虐待児のムスタファ、

わたしを見ると、顔が滑稽なせいかいつも笑ってくれたダウン症のミテキシー、

わたしが託児所に来ないと、託児所に置いてあるわたしのレインコートの袖を握り締めて歯ぎしりしていたという自閉症のジャズミン。

このような子どもたちと関われるのは、底辺託児所しかなかっただろう。

最後に底辺託児所で働いた日、「子どもは大きくなると、大人になって、仕事をしてお金をもらうようになる人もいるし、仕事をしないことを選ぶ大人もいます。それは各人が自分で決めることです」とアニー（レノックス似の託児所責任者）が子どもたちに言った。こんなことを幼児に言って聞かせる保育者がいるのは、底辺託児所以外にはないはずだ。保守党政権は、「生活保護受給者」の絶対数を減らそうとしている。その政策実行のリーダーになっているのが、日本人の曾祖母を持つ元保守党党首イアン・ダンカン・スミスだ。真面目で勤勉な性格のDNAを持つ人が、保守的な人びとから激烈に愛される政策を実行しているのだから、その勢いというものは想像できるだろう。

しかし。

わたしという人間は四十五歳になっても全然世の中のことがわかっていないバカたれなのでいまだに学ぶことが多く、底辺生活者サポート施設に出入りするようになってわかったというか、考えるようになったことがあるのだ。

それは、生活保護受給者や長期失業保険受給者についてとやかく言う納税者たちは、

「じゃあお前も生活保護で暮らしてみろよ」と言われたら、絶対に自分はそうはしないということだ。なぜなら、彼ら（わたしら）にはそこまで堕ちてはいけないという気持ちがあるからで、「アンダークラスの人間」と世間に見なされたくないという自衛心やプライドがあるからだ。また、国家社会はそれぞれの人間が平等に（税金という名の）責任を負い、イコールな存在として生きていったほうがフェア＆クールだ。という個人的信念もあるだろう。

ならば、それは各人が自分の尺度で「美しい」または「クール」と決めた立ち位置や方向性である。その立ち位置や方向性を選ばない人びとが、自分とは違う考え方をしているからといって、または自分が納めている税金を還元してもらって怠けているからといって、「お前の人生は間違っている」とか「こうして生きろ」とかいって他人を弾圧する資格は誰にもない。

幸か不幸か（冷静に考えると不幸の割合のほうが大きいが）、わたしはカトリックという宗教の洗礼を受けた。

以来、まったくそれらしい生き方はしとらんのだが、この人の「美しい」または「クール」の基準は信用できると思うだけにいまだに捨てられない男にジーザス・クライストという人がいて、この人はむかし、淫らな娼婦を石打ちの刑に処そうとしていた人びとに対し、「自分は自分の人生において何の罪も犯しとらんとマジで思う奴がおったら、この女に石ば投げてんやい」と言ったことで有名である。

わたしにとって、底辺託児所での日々はその言葉を体験したようなものだった。底辺託児所シリーズをはじめて、何回か書いた言葉に「その先にあるもの」というのがある。あんたたちは駄目なのよ、駄目なのよ、駄目なのよ。の、その先にあるもの。だ。

うちの連合いが癌の治療でひいひい言いながらダンプに乗って働いている時に、昼間っから底辺生活者サポート施設にたむろって暗がりで乳繰り合ったり妙な臭いの巻煙草を吸ったりしている健康な生活保護受給者たちを見るにつけ、わたしはそのことを考えていた。

あんたたちは人間の屑なのよ、カスなのよ。と、私は思うのよ。の、その先にあるもの。

「それは各人が自分で決めることです」がアニー（レノックス似の託児所責任者）の口癖だった。その言葉を自分の立ち位置にしている彼女は、無色透明の静まり返った水のようだ。来る者は拒まず、去る者は一切追わない。それは各人が自分で決めることだからだ。

「では、また」といつものように挨拶して、いつものように託児所を出て来た。

「Good luck」だの「Keep in touch」だのといった、嘘臭い別れの言葉だの抱擁だのは全くなかった。あまりにもあっさりとしていて、底辺託児所での二年九カ月ですら本当にあったことだろうかと思えてくる。

実際、ジェイクもレオもリアーナもアリスもムスタファもとっくの昔にいなくなった。最後の日に相手をした子どもたちは、みんなわたしのよく知らない、新しい子たちだった。新しい問題を抱え、新しい脆弱さや凶暴性を露呈する、新しい子どもたち。彼らはこの施設に来て、いなくなる。そしてわたしも去る。

ここからわたしが持っていくものとは何だろうと考える。それはきっと「その先にあるもの」と「それは各人が決めることです」だろう。そしてこのふたつはおそらく密接にリンクしている。

ブライトンの冬空はなぜか晴れていた。

わたし自身の、この先にあるものは何なんだろうなあ。

などとしょうもないことを考えながら底辺生活者サポート施設の玄関を出て坂を下りていると、グリーンがかった黄土色のＤＯＧ　ＰＯＯをいきなりべっちゃり踏んでいた。ＳＨＩＴ。とはこのことである。

人生は見事にどこまでも一片のクソ。
いやいやいや、これは、すべて実話だ。
たとえそう思わない人がいたとしても。
さらば、底辺託児所。

（初出：THE BRADY BLOG　二〇一一年一月二十一日）

ダイヤモンド・ジュビリー

今日も今日とて幼児のオムツを替えていた彼女のところに、保育園の責任者がやって来て白い書類を渡した。

「その作業が終わったら読んでちょうだい」

汗でびたびたになったゴム手袋を取り、洗っても洗っても幼児のミルクティー色の下痢の香りがする両手を紙タオルで乾かしてから、彼女は書類に目を落とす。それは、来年（二〇一二年）のダイヤモンド・ジュビリー（エリザベス二世即位六十周年）に関するものだった。

「ダイヤモンド・ジュビリーは国民の休日となるが、それは例年の祝・祭日とは異なるため、その一日は貴様らの有給から差し引くからそのつもりにしておけよ」という文面である。would だの could だの aprreciate だの、馬鹿丁寧な言葉が随所にまぶされているが、要するにそういうことだ。丁重かつソフトな言葉づかいで、グサリと人を刺す。英国の雇用主からの手紙というやつは、だいたいそういうものだ。

「これって、雇用法に違反してるんじゃないの？」

「違法だったら文書にして渡さないでしょ。証拠が残るから」

「ロイヤルウエディングの時も有給減らされたよね」

「ところで、ダイヤモンドって何周年？」

「ゴールデン・ジュビリーが三十年だったんだっけ」

「いや、ゴールデンは五十年でしょ」

「ひゃー、あの婆さん、いったいいくつなの」という若い同僚たちの会話を聞きながら、彼女はふと思う。


思えば、わが青春のセックス・ピストルズがテムズにボートを浮かべて"God Save the Queen"を演奏したのが、あれがすでに二十五周年のジュビリーだったのだ。『ジュビリー』という題名の、デレク・ジャーマンの映画もあった。そのせいで、ジュビリーという言葉は、ユニオンジャックと安全ピンで構成されたクールなパンクランドを意味するような気がしていた。

そんな極東国の子どもがいつしか四十代後半の移民となり、「ジュビリーのため、来年は有給を一日減らすからな」と雇用主から言い渡されるしょぼい労働者となった。ダイヤモンド・ジュビリーは女王戴冠六十周年。因果なもので、あれから三十五年が経ったのである。

「あ。この子、またウンチしてる」

いろいろ思索しておセンチになっている暇もなく、同僚が一歳児の手を引いて来たので、彼女は業務用のビニールのエプロンをがさがさと身にまとい、ゴム手袋をした。

一歳児の手を引いて来た十八歳の同僚、シャーロットは、バンビのような目をした気立てのいい娘だ。

「私はこの仕事が大好き。本当に子どもたちを愛しているの」

きらきらしたティーンエイジャーの瞳で語るかと思えば、その十分後には、

「な〜んて、大ウソ。いつやめようかって、そればかり考えている。こんなクソ仕事」と否定したりする。

ったく、ジェットコースターのように上ったり下ったり、未開でエネルギッシュな十代の感性にはついていけないわ。と思いながらも、彼女がシャーロットを無視できないのは、シャーロットには彼女が以前出入りしていた無職者支援慈善団体の匂いがするからだった。

「あたしの母親は、子どもばっかり生んで育てていた。この国にはね、そうやって政府から金を引き出して働かずに生きていく女たちがいるんだ。私は母親みたいになりたくないから、ここで見習いとして働くことにしたんだ。でも、きちんと保育士の資

格取ったのに、あたしはいまだに見習いの時給しかもらってないんだよね。要するに、最低保証賃金以下」

「へ？　それって絶対おかしいよ。ちゃんとマネジャーと話した？」

「……。あれこれ言うとクビになりそうだもん。無職になるのが、一番怖いし」

子どもたちの昼寝タイムにシャーロットが話す言葉を聞いていると、彼女の脳裏に、無職者支援施設に来ていたシングルマザーの子どもたちの顔が浮かぶ。

あの子たちの一部も、やがてシャーロットのようになるのだろうか。

「アンダークラスの子どもは、仕事にありつけるだけでもラッキーなんだ」という無言の圧力を感じながら、容易《たやす》く雇用主に利用されるティーンエイジャーになるのだろうか。

その日の帰り、いつも乗り換えをするバス停で降りると、名門公立小学校の生徒たちが列になって歩いているのが見えた。授業の一環で博物館か何かに行ったのかもしれない。公立校とはいえども高級住宅街に位置するその学校の生徒たちの肌は、真っ白だった。今どきの英国で、こういう学校も珍しい。と思いながら彼女が学生たちの列を眺めていると、ひとりだけ黒い肌の少年が混じっているのが見えた。頬をバラ色に染めて喋り合ったり、ふざけ合ったりしている白人の子どもたちの列の最後尾で、その痩せこけた黒人少年は、行儀よく静かに、しかし無表情に歩いている。

それは昔、彼女がボランティアしていた無職者支援施設の託児所に来ていた少年だった。DV親父に痛めつけられ、エジプトから逃げて来た三歳児。英語が全くわからず、ただ沈黙のうちにぼろぼろ涙をこぼしていた三歳児。小学校の制服を着たムスタファは妙に大人びて見えた。

が、つんつるてんに短くなったジャケットや、膝のあたりが擦り切れて白っぽくなっているズボンを見れば、家庭の事情は以前とあまり変わらないのかなと思う。そんな格好をした子どもは、列の中には彼以外に誰もいなかった。

だからなのか、彼の隣を歩いている子どもも、彼に話しかける子どもも、ひとりもいない。ムスタファは、そこにいるのに、いないことにされている人間のようだ。

「ヘイ！　ムスタファ」

彼女は思わず声をあげた。

ムスタファは怪訝そうに彼女を見ていたが、突然、何かを思い出したように
「ハロー！　ハロー！　ハロー！」と言いながら両手を上げてぶんぶんと振った。

「ハロー！　ハロー！　アンド・バイ・フォー・ナウ（いまはこれでさようなら）」

大きな白い歯を剝き出しにして、黒い肌のムスタファがにっかりと笑う。

やけにポッシュで、きれいな発音の英語だったな。

嬉しいような、寂しいような、その両方が混ざり合ったような気持ちでムスタファを見送っていると、バス停にバスが近付いて来た。彼女は慌ててポケットに手を突っ込み、バスのチケットを探す。ぽろり。と舗道に落ちたのは、チケットではなく雇用主からの手紙だった。

「God Save the FU**ING Queen――だよね。あの婆さんのせいで有給が減るなんて」とシャーロットは言った。その通り。彼女の頭の中では、すでにジョニー・ロットンがその楽曲を歌っていたのだ。

「神よ、女王陛下を守り給え。

なんつったって、観光客はマネーだからな。

俺らの君主様は
イメージとは違うんだけどよ。

神よ、歴史を守り給え。

あいつらのキチガイじみたパレードを。

おお神よ、どうか御慈悲を。

全ての犯罪は償われたのだ」

バスに飛び乗り、二階に上がると、窓の外に再び小学生たちの列が見えた。

「未来が無い時に、
罪なんてあるわきゃねえだろ。
俺たちは花々だ。ゴミ箱の中の。
俺たちは毒だ。あんたの人間機械の中の。
俺たちが未来だ。
君たちが未来なんだ」

俯《うつむ》いて一番後ろを歩くムスタファの脇をバスは通り過ぎた。

普通は最後尾の生徒の後ろを守るようにして教師のひとりが歩いている筈なのだろうが、若い金髪の女教師はムスタファの前を歩きながら他の生徒たちと軽やかに談笑している。

「俺たちは花々だ。ゴミ箱の中の。

俺たちは毒だ。あんたの人間機械の中の。
俺たちが未来だ。
君たちが未来なんだ」

ムスタファは、ぎゅっと口を結んで歩いている。とぼとぼと、しかし、しっかりと、華やかな白い列から離れずに、彼は前進している。

「ノー・フューチャー」の一節で知られているその歌は、絶望のアンセムではない。
希望のアンセムだ。

（初出：THE BRADY BLOG　二〇一一年十二月七日）

キャメロン首相の墓石に刻まれる言葉

彼女の息子は公立のカトリック校に通っているが、学校ではいつも、クラスで唯一の黒人少年Rとつるんでいるらしい。

学年で一番背が高く、足が速くて、大人びて見えるRは、むかし、鹿島アントラーズという日本のサッカークラブでプレイしていたサントスという選手を思い出させる。そんな美しい野生動物のようなRと、ミニチュアのジャック・ブラックのようなルックスの息子のペアは凸凹で不思議な組み合わせだが、二人の友情は今のところ揺るぎ無い。

そんなわけで今年のクリスマスも、彼女の息子とRは互いの家を行ったり来たりして過ごす予定だったが、Rの祖母が十二月半ばにロンドンで他界したため予定は頓挫した。

だから、Rの父親が、大晦日にRを連れて彼女の家にやって来たときには、息子は小躍りしてエキサイトした。

子供たちはさっさとPCがある部屋に行ってしまったので、彼女はRの父親に紅茶を出す。

「あ、もっと強いものの方が良いかしら。一応、フェスティヴ・シーズンだし」

「No, please don't」

と微笑しつつ断る彼の顔を見て、彼は酒を飲まなかったということを思い出した。

「ロンドンはどうでした？」

「忙しかったです」

「そうでしょうね」

「母親とは、いい関係だったわけじゃないので、そういう気持ちにはならないと思ってたんですが……。ある意味、忙しくて良かったと思っています」

彼女は黙って自分の紅茶に口をつける。

SKYニュースが、二〇一一年の出来事を振り返る映像を流していた。

ウィリアム王子とキャサリン妃の頭上を英軍機が飛んで行く。ビン・ラディン死去の報せに目玉をひん剝いているヒラリー・クリントン。ノルウェーのテロリストの顔写真。

突然、フードを被った黒人少年が、スクリーンからこちらに向かって中指を突き立て、「This is our fu**ing war!」と叫んだ。炎上するロンドンの街の映像。電化製品店や靴屋から盗品を両手に抱えて出て来る若者たちの映像。まるでシティの秘書のようなスーツを着た若い女性まで、どさくさに紛れて靴の箱を抱えて走っている。

ひとしきりそうした映像が流れた後で、「ロンドン暴動が勃発した理由の一つとして、政府の予算削減政策のため、ロンドン地区のユースワーカーの多くが解雇されたことがあります」と、スタジオで蘊蓄をたれていた高級紙のジャーナリストが言った。

「そうか。僕も新しい仕事を探しておいた方がいいかも知れない」

とRの父親が笑った。

何を隠そう、彼もブライトンでユースワーカーとして働いている身の上だからだ。ユースワーカーとは、大きく道を踏み外した、または踏み外さんとしている青少年たちの相談相手となり「人生の指針」を示す福祉職員のことだ。と彼女は理解していた。

「まあ、要するに、十代の子どもたちの話を聞いて、よせばいいのにあれこれ干渉する、おせっかいなおっさんやおばはんのことです」

Rの父親は、まるで黒人の恵比寿さんのような顔で笑う。

彼も故郷のロンドンでユースワーカーをしていたことがあり、担当が特に青少年の犯罪率の高いエリアだったというから、銃やナイフを持ち歩いている少年を担当していたこともあるだろう。ブライトンでも、麻薬やナイフ犯罪に関係したことのある青少年たちを担当しているという彼は、自分自身がそういう若者だったことがあるのかもしれない。と彼女は思う。一度だけ、携帯に電話をかけて来た若者を彼が叱り飛ばすのを聞いたことがあるが、あの卑語混じりのブラック訛りの説教には、単なる恵比寿さんでは済まされない迫力があった。

「死んだ母親には、しょっちゅう殴られました。本当、今なら児童虐待です」

「わたしの日本の父親も野蛮でしたよ。家の中はしょっちゅう物が飛んで割れてたし、鼻血を流しながら母親が倒れていたこともあった。あの家も立派な虐待家庭です。ははは」

「いや、おまえ、それは絶対、自分の都合で殴ってるだろう。という時も結構あって」

「ははは。わかる、わかる。てめえ、今、自分の気持ちに全然余裕ねえだろ。だからそんな風にヴァイオレントになってんだろ。みたいなことを、こっちは子ども心に思ってて」

「そうそう。で、うちの場合は、近所に元ボクサーの無職のおっさんがいて、これが、今考えると母親に気があったと思うんですけど、他人のくせにボコボコ殴ってきやがる」

「ははは」

「相手は元ボクサーですから、もう命がけですよ。母ちゃんを泣かせて嬉しいのか、って本気で殴って来る。しかも、母親が見てる時だけ、妙にフットワークが軽くてクールなの」

「ははは」

「そのうち、お前はもうどうしようもないからボクサーになれ、とか言われて、なんか薄暗いジムに連れて行かれたりして。でも、なんかそれじゃＢＢＣ製作の黒人不良少年が更正するドキュメンタリーみたいだから、自分はその道には進まなかったんですけど」

「はははははは」

「だけど、今思えば、ユースワーカーの仕事は、あのおっさんがやってたことのソフト・ヴァージョンのようなもんです」

ふとテレビを見れば、そこでは、「この暴動は、純粋な、単純な犯罪だ。それゆえ、我々は彼らと対決し、勝利せねばならない」とキャメロン首相が演説していた。

「……こいつ、『ティーンたちに必要なのは愛だ』とか言ってたこともありましたよね」

彼女が呟くと、Rの父親が、ぶっと紅茶を吹きそうになって笑った。

「ったく、彼の墓石に刻んで欲しいな。その言葉」

だのに、いったいどういう報道側のセンスなのか、二〇一一年を総括する番組の締め括りとして、リビアの騒乱や日本の津波とかの映像のバックに流れているのは、あろうことかアデルの「Make You Feel My Love」だった。

「ものすごい選曲ですねー、こんな甘いラブソングを」と彼女が言うと、Rの父親が微笑した。

「でも、この曲、一応オリジナルはボブ・ディランなんですよね。……以前、無職者と低額所得者を支援する施設の託児所で、働いていたって言ってましたよね。あの託児所の責任者が九月に辞めたことはご存知ですか？」

「年金生活者になったらしいですね。もう六十代でしたから、彼女」

「いや、彼女はまだ働いています。十代で子どもを産んだ問題行動のある若者たちと、彼らの子どもとを、まとめて同じ里親に預ける福祉プログラムがあるのはご存知ですか？」

「ええ。新聞で読みました」

「彼女は、その先駆的プログラムの里親として働いています」

「……」

「安心してください。僕だって守秘義務は理解しています。あなたに宜しく伝えて欲しいと、彼女本人が言っていたのです」

雨があなたの顔を叩きつけ、
世の中の全てがあなたを非難している時、
私はあなたを暖かく抱きしめてあげる
私の愛を感じてもらうために

夜が辺りに影をつくり、星が現れ、
あなたの涙を拭う人が誰もいない時、
私はあなたを百万年でも抱きしめていてあげる
私の愛を感じてもらうために

「問題行動のある子どもたちは、常にNOと言われている。だから、せめて私たちだけは、彼らにYESと言ってあげましょう」

と昔の上司は言ったことがあった。考えてみれば、彼女も、キャメロンの墓石に刻まれるべき言葉と同じようなことを言っていたのだが、その出所は天と地ほどに違う。

「二世代の里親なんて、斬新なアイディアですが、とんでもなく大変でしょうね」

「だから、興味を持つ人はいても、本気で里親になりたいという人がいないんです」

「二十四時間の仕事ですからね……。おとなしく定年したかと思っていたら、そういうことだったんですか。しかし。あの世界への彼女の固執というのは、いったい何なのでしょう」

と言って彼女はRの父親のほうを見た。

「ゆったり暮らせる家もお金もあると理解してるんですが……。そこまで行くと、もう一種のオブセッションです」

「この種のオブセッションには、もっと一般的で使い古された呼称もありますよ」

黒人の恵比寿は意味ありげに笑っていた。

私はあなたを幸福にすることができるかもしれない

あなたの夢を叶えることができるかもしれない

あなたのためなら何だってする
世界の果てにだって行く
私の愛を感じてもらえるのなら
私の愛を感じてもらえるのなら

そんなラブソングをバックに、今日もテレビのニュースの中の世界は喧騒し、災害に見舞われ、悲嘆にくれている。

「空しい。なんてのは若者用語なんだなあと、彼女を見てると思います」

彼女はそう言った。

恵比寿はまだ意味ありげに目を細めて笑っている。


（初出：THE BRADY BLOG　二〇一二年一月十日）

虹の彼方に

家の近所で、いつの間にか引越しラッシュが起きていた。

以前「五歳の息子に『目を合わすな』と教えている」と書いたことのある隣人のうち二人が、知らない間に引っ越して行ったのである。

まず、いつも迷彩柄の服を着て街を徘徊し、ぶつぶつ独り言を言っているかと思うと突然他人に罵声を浴びせていた一人暮らしのSが引っ越して行ったそうで、彼が住んでいた家には「FOR SALE」の不動産屋の札が立っている。

で、その向かいに住んでいたやはり一人暮らしのおっさんで、介護していた母親が亡くなると同時に気を病み、預言者の如くに神の存在を説きながら歩く人になっていたTも引っ越して行った。彼の家の前庭にも、やはり「FOR SALE」の札が立っている。

「二人まとめて、同時にいなくなったの？」

「事の発端はＴ。彼がＳんちに忍び込んで、現金と小切手帳を盗んだんだよ」

隣家の息子が紅茶をすすりながら言った。

「Ｓもさ、ちょっと頭いかれてたから、戸締りとか全然してなかったし。無防備っちゃ無防備だったんだけどね。で、ＳはＴが家に忍び込んで金を盗んだことを察知して、向かいのＴん家に突入して行ってＴをボコボコに殴ったらしい」

「でも、なんでＳはＴが犯人だってわかったの」

「Ｔさ、いつもヨレヨレのフェルトの中折れ帽かぶってただろう。あの帽子をＳん家に忘れて帰ったらしい。勝手に紅茶飲んでビスケット食べた形跡もあったんだって」

「……ちょっとリラックスし過ぎちゃったのかね」

「やっぱ自宅の向かいとかで犯罪を犯すと、気の緩みみたいのが出ちゃうのかもね。でも、Ｓに殴られたＴは完全にびびりあがって警察を呼んで、血まみれの顔で『神の裁きが下りた。神の報復が始まる』とか言って暴れてるもんだから、そのまま医療施設に搬送されたんだって」

「……それはまあ、そうなるだろうね」

その後、迷彩服の男Ｓはなぜか路上生活を始めたそうで、それじゃ誰も住んでない家がもったいないからってんで親族が住居を売りに出し、メンヘル施設長期隔離が決まったTの家の方も、やはり同様の理由で親族によって売りに出されたそうだ。

んなわけで、近所の向かい同士の二つの家に、同じ札が立っている。

「FOR SALE」

思えば、この地区の土着民であったTとSの親は、サッチャー政権の〝公営住宅払い下げ〟政策にあずかって超安値で公営住宅を買い取った人々であった。

公営住宅に住んでいる低額所得者に、アホみたいな値段で現在住んでいる家を売却してやる。という政策は、深く考えなければ人道的に聞こえる。

実際、当時の住民たちもそう思ったし、サッチャー政権の「恩恵」にあずかってマイホームが持てたと最初はマーガレットに感謝すらしていた。

が、そのうち。

毎年のように何かが壊れるちょろい作りの英国の住宅のことであるから、元公営住宅にも何らかの修繕が必要になって来た。公営だった時代には、役所に一本電話して「暖房が壊れました」とか「天井のカビが生えてきて醜くなってきました」と言えば、役所が業者を送ってくれて無料で修繕・修復してくれたのだが、マイホームということになると、これらのメンテ費用はすべて自己負担になる。

なんか最近、暖房が効かないなあ。と思って業者に来てもらえば、「ああ、これは天井でセントラルヒーティングの熱を家屋各部に送っているパイプが数箇所詰まってますね。パイプを全面的に交換する必要があります。なんやかんやで五十万円かかります」とか言われても、貧乏人にはそんな所持金はないし、借金しても返せる見込みはない。

そうした理由で、八〇年代のこの界隈には真冬に凍死した人もいたのよ。と隣家の息子の母親は言っていた。

一方のサッチャー政権にとっては、この公営住宅払い下げは予算削減を進める上で有効であった。公営住宅メンテ費用が地方政府予算に与える打撃は大きかったからである。毎年のようにどこかが壊れるために政府の金で修繕しなければならなかった家々を、激烈な廉価にしろ住人に買い取らせれば、永久的に政府はメンテ負担から解放される。

しかも、低額所得の住民にローンを組ませて家を買い取らせることにより、新たな収入源もできたしね。ぐふふふふ。とマーガレットが微笑していたかどうかは知らないが、商売上手のやり手ばばあだったのは間違いない。

「自分の家も自分でメンテできないような怠け者や能無しは、マイホームで凍死しなさい」

というマーガレットの政策は、二〇一二年の現在にまで尾を引いている。

その尾の最後の部分が、Tであり、Sであった。

そして、その彼らがこの町から完全に消えてしまったのも、マーガレットの末裔たちが政権を握っている時代である。

これはきっと偶然ではない。

わたしは、迷彩男Sとは別に交流はなかった。

というか、道端を歩いていて「自分の国に帰れ、腐れ中国人が」と罵倒されたことが幾度となくあるので、それ以上の人間関係は築けなかったのである。

しかし、ストーン・ローゼスとジュディ・ガーランドが大好きだったTとは、まだ彼が何らかの神を宣教しながら歩く変なおっさんに転身せず、ひたすら母の介護をする気の弱い中年男性だった時代によく道端で立ち話をしたものだった。

Tは、ゲイであった。

英国のゲイ・キャピタル、ブライトンといえども、海辺のスタイリッシュなゲイ街やインテリ街とは違い、うちの界隈のようにマッチョな貧民が多く暮らすガラの悪い街ではゲイは肩身が狭い。どころか、フィジカルないじめの対象にさえなる。

「そこは、そんなに声を張り上げちゃ駄目だよ。もっとせつなげに歌って」

学芸会でコーラスすることになった「Over The Rainbow」を庭で朗々と練習していたうちの息子に、Tが注意したことがあった。

何処か、虹の彼方に
あの空の高みに
むかし子守唄で聞いたことのある世界がある

何処か、虹の彼方で
空は真っ青
夢見ることさえおこがましかった夢が、本当のことになる

この界隈にはドラッグ・ディーリングをしているティーンギャングなんかも住んでいるが、そんな少年たちから「糞ゲイ野郎」と夜道で顔をボコボコに殴られ、Tは前歯を二本無くした。

どうも他人からボコボコにされることが多い人のようだ。

ある日、私は星に願いをかける
眠りから醒めると背後の雲は晴れ
レモン味のドロップみたいに悩みは溶けて
煙突のてっぺんから消えていく

「そんなに陽気な歌じゃないんだ。まだ君にはわからないだろうけどね」

前歯がなくなってすうすう空気の漏れる発音の英語で、Tはうちの息子に言っていた。

何処か、虹の彼方に
とても高いところに
むかし子守唄で聞いたことのある世界がある

何処か、虹の彼方に
青い鳥が飛んで行く
鳥が虹を越えて飛ぶのなら
ああ、私にだってきっとできるはず

ある日、少年たちは夜中にTの家に押し入って来て、金目の物をすべて盗んで行った。

そしてその二週間後、Tは向かいに住むSの家に忍び込み、現金と小切手帳を盗んだのである。

「僕に『Over the Rainbow』を教えてくれた、帽子のおじさんと最近会わないね」

と息子が言った。

「ああ。引っ越して行ったみたい」

「何処に？」と息子が尋ねた。

「知らない」とわたしは答えた。

あのハッピーそうな小さな青い鳥が
虹を越えて行けるのなら

どうして
ああ、どうして
私にはできないのだろう

向かい合った二軒の住宅の前庭には、色鮮やかな虹がかかっていた。Tの親族とSの親族は同じ不動産業者を使っており、前庭に立てられた「FOR SALE」の看板にレインボウの絵が施してあるからだ。

「グッバイも言えなかったね」と息子が言った。

「この町では、そういうのをすっ飛ばして人が消えることが結構あるからね」とわたしは答えた。

どこまでも灰色の空から、貧民街に止まない雨が降る。

不動産屋の看板に印刷されたレインボウは濡れそぼって剝がれ落ち、べらべらと破れ始めている。

＊エドガー・イップ・ハーバーグ作詞、ハロルド・アーレン作曲

（初出：THE BRADY BLOG　二〇一二年五月一日）

ノー・フューチャーとヒューマニティー

すんなり行くわけがないな。とは思っていたのである。

わが町ブライトンにやって来るPiLのチケットを入手した時点でその予感はあった。

案の定、勤務先の保育園が、PiLのギグ当日に保護者面談を設定しやがる。「いや、その日はダメです」と嘘八百を並べて日程をずらしてもらうが、どうしても当該日しか都合のつかない保護者がいるという。保護者面談は、営業時間終了後の午後六時からはじまる。そんならもう、早い時間に来てもらって、最悪の場合は、わたしはテディベアとこぶたさんの絵のついた制服のTシャツを着たままギグ会場に走るしかない。と決意したのは、その都合のつかない保護者というのが、家庭環境が複雑で問題行動が著しいJの親だからで、そうした子どもたちと働いた経験のあるわたしが全面的にJを担当しているため、同僚に代わってもらうことが無理だからである。

そんなわけで、大きな不安を抱えたまま当日を迎えたわたしは、五時五十五分から保護者の到着を待った。が、十分経っても、十五分経っても先方は着かない。「本当に来るんですか?」とオフィスに詰め寄った六時十五分に、先方から電話が入った。Jの祖母である。Jの父親が都合で来れなくなったので代わりに来ると言う。そうなってくるとなんやかんやで六時半にはなるだろう。そこから面談をはじめて、わたしはいったいPiLに間に合うのか。というビリビリとした心情になっていると、痩せこけたローリン・ヒルみたいな黒人女性が現れた。

「すみません、遅れて」

Jの母親である。

やべ。と思った。

Jの両親は離婚している。で、さっき電話して来たのはJの父方の祖母なのだが、このグランドマザーというのが元嫁のことを毛嫌いしていて、なんか気まずい面談になりそうだからである。

「勝手にあの人とはじめないでください」

Jの祖母が電話でそう言ったので、ひたすらその到着を待ったが、彼女が着いた時点ですでに六時四十五分になっていた。わたしは半ばヤケクソの覚悟を決め、白人の祖母と、黒人の母親の前に座って面談をはじめる。

初めてこの祖母がJのお迎えに来たときにはびっくりした。この国では、白人と黒人のミックスの子どもは珍しくも何ともないが、白人のお爺ちゃんやお婆ちゃんが黒人の孫を連れて歩いている姿には、どういうわけかいまだにハッとすることがある。

そう言えば、ジョン・ライドンも義理の娘だったスリッツの故アリ・アップの双子の息子たちを預かって育てていた時期があるらしいが、彼もまたブラックの孫の手を引いて歩く白人のお爺ちゃんだったのだろう。そう思えば、ライドンも同年代の庶民が辿っている道をしっかり歩いている。

「This is PiL! Public Image Limited!」

と、酔ったおっさんのだみ声みたいに野太くなった声で、怒鳴っているだろうか、今夜も。

雑念を振り払い、Jのリポートを見せながら説明を続ける。先の労働党政権は、小学校入学時点での貧困層の子どもとミドルクラスの子どもの発育格差を縮めるため、抜本的な幼児教育改革を行った。そのため、英国の幼児教育現場には○歳児からカリキュラムが存在し、保育施設は子どもの発育度や成長度を記した書類を作成し、保護者に見せなければならない。

「言葉がもっと喋れるようになったら問題行動が減少するのはよくある話です」

ローリン・ヒル似の母親は、食い入るような目つきで書類を読み、私の言葉に頷く。育児熱心な母親なのだ。だのに、彼女は時折、大きく脱線する。ここ数年ドラッグのリハビリ入退院を繰り返しており、それが原因でJの父親とも別れたという。

「とはいえ、他の子どもや自分自身に身体的影響をおよぼす行動は、やはり問題ですので、家庭と保育園で一貫した対策を取る必要があります」

祖母もわたしの顔をじっと見つめて頷いている。こんな外国人の保育士の言うことを真面目に聞いてくれるだけでも有難いことだ。

「その一貫性というか、継続性が、何においても子どもには必要ですからね。Jの家庭にはそれが無かったから」と、Jの祖母が言う。

リハビリから出たり入ったりしていた元嫁に対する嫌味だろう。元嫁は、隣に座っている元姑の横顔を睨みつけていた。「あんたにはわからない」と言いたげな、暗く燃える目で。

ジョン・ライドンがテレビに出たとき、同じ目をして彼を睨んでいた女性がいた。英国版「朝まで生テレビ」みたいな（朝までやっているわけではないが）、政治家や著名人が時事問題を討論する生番組「Question Time」に出演したジョン・ライドンは、例によって随所で笑いを取りながら場をエンジョイしていたのだが、ドラッグの合法化に関する討論で、真顔になって言った。

「ドラッグを法で規制する必要はない。俺たちの人生の旅程は、ヒューマン・ビーイングである俺たち自身に決めさせろ」

「That's wrong!」と、聴衆のなかからその女性は叫んだ。

「私はドラッグの問題を抱えた子どもたちを相手に仕事をして来ました。ドラッグの長期的影響や、それが彼らの人生をどう変えたか、この目で見て来ました。ここに座っている誰も、ドラッグを合法すべきなどと私に言える人はいません」

ロンドン東部あたりのユースワーカーのような風体をした黒人女性は言った。

「俺はミドルクラスのアホとして言ってるんじゃない。俺はフィンズベリー・パーク出身だ。ソリッドなワーキングクラス・ボーイなんだ……」

「俺たちの時代はな、みんなで助け合ったんだよ……」

ライドンは急に脱線をはじめ、「そういう問題じゃないだろう」という冷ややかな目つきで周囲に睨まれながらしゅるしゅると縮んでいった。

「あんたにはわからない」

みたいな目つきで元姑を睨んでいるJの母親も、ドラッグに人生を変えられた。結婚生活は破たんし、子どもの親権も夫に取られた。

「私はこれまでJをがっかりさせ続けてきたけど、やっと彼と会うことが許されるようになったので、そのときに有効な躾が出来るように、今日ここに来たのです」

Jの母親はこちらをまっすぐに見て言った。前向きな決意が感じられる。

が、いつもそうなのだ。今回はどのくらい持つのだろう。けど、ひょっとしたら今度は死ぬまでクリーンでいられるかもしれない。それは誰にもわからない。

俺たちの人生の旅程は、ヒューマン・ビーイングである俺たち自身に決めさせろ。

ジョニー・ロットン時代の彼なら、

俺たちの未来は、ヒューマン・ビーイングである俺たち自身に決めさせろ。

と言っただろう。

長いときが流れ、「未来」は「人生の旅程」という歯切れの悪いヘヴィな言葉に変わった。すでにライフという旅路をかなり辿ってしまったライドンは、未来というのは漠然とした一続きのものではなく、何ブロックもに分けられた時期の連なりであることを知っている。人生には、永遠のポジティヴとか、永遠のクリーンとかは存在しない。

「有難うございました」

「こちらこそ、来てくださって有難うございました」

「私はこんな母親ですが、息子を愛しています」

「わかっています」

わたしをハグするJの母親と、背後から彼女を冷ややかに見つめている元姑とを送り出し、さて、これからPiLのギグに向かうべきかどうか、と考えた。

ダッシュでバスに飛び乗れば、何曲かは聴けるかもしれない。

「ライドンはあの番組に出演すべきではなかった。我々の社会は、一九七六年よりも多くの要素を含むようになっている」

「Question Time」出演時のライドンに関する『ガーディアン』紙の記事に、そんな読者コメントがついていた。ライドン大暴れ。とか、痛快。とかを期待していた人びとにとり、たしかにあれは興ざめだっただろう。この国の社会は、「ノー・フューチャー」と明快に爆撃しておけば突破できた時代より、ずっと複雑になっている。

が、「誰も未来なんて与えてくれない。何者にも期待すんな。自分で決めて、自分でやれ」というジョニー・ロットンのスローガンは、どんな時代にも残響する。

ピストルズのスローガンは、ポリティクスとは関係なかった。

ライドンが昔もいまも変わらずに謳い続けているのは、ヒューマニティーである。

俺たちの人生の旅程は、ヒューマン・ビーイングである俺たち自身に決めさせせろ。

ジャンキーになる権利を、アンダークラスに落ちる権利を、人生を棒に振る権利を俺たちに与えろ。「生きる」ということで俺たちは責任を取る。

唯一つの正しい道。などというものは何処にも存在しない。

それはヒューマニティーを信ずるがゆえのアナキズムであり、ノー・フューチャーの覚悟に立脚したヒューマニズムだ。そんなものが時代限定のコンセプトであろう筈がない。

窓の外を見下ろせば、まったく別の方向に歩いて行ったJの母親と祖母の姿はもうそこにはなかった。

わたしはロッカーを開けて鞄を摑み、全速力でバス停に向かってダッシュした。

（初出：web ele-king Sep 10, 2012）

レインボウと聖ジョージのはざま

　ブライトンという街は、日本のガイド本などを見ると「海辺の保養地」と書かれており、それもある程度は本当のことだが、国内では「ゲイとアナキストの街」と言われる一面も持っている。

　で、わたしの職場は、英国のゲイ・キャピタルと呼ばれるブライトンのゲイ街にあるのだが、ゲイの方々というのは美意識が発達している人が多いため、ストリートを占拠するとそこにセンスのいいカフェだの、アーティーなショップだのを次々と開くものだから、地域全体が「お洒落」と見なされることになり、そういう場所に住みたがるストレートも集まってきて住宅価格が高騰。ブライトンのゲイ街は市内随一の高級住宅街になっている。

　んなわけで、わが勤務先なんかも、預けられている子どもたちは圧倒的にミドルクラス家庭の子女が多く、同性カップルの両親を持つ子どもたちがけっこういる。

だから、園のほうでは様々の気配りを行う。例えば、絵本なんかでも、男性と女性のカップルが両親として登場する本は置いてないし、子どもたちをドールハウスで遊ばせる時にも、ダディ人形とマミイ人形のセットは使わない。ふたりのダディ人形や、ふたりのマミイ人形をそれとなく居間に座らせておくことはあったとしても。

「そういう真綿にくるんだようなやり方は、本当は子どものためにならない」

と、二十四歳のゲイの同僚Aは言う。

「現実の社会は、全く違うから」

という彼は、ヨークシャーの公営住宅地出身だ。

ヨークシャーは英国で最も失業率の高いエリアのひとつである。「ひたすらホワイト・イングリッシュで、貧乏でマッチョだった」と彼が言うような公営住宅地で、ゲイがゲイとして生きるということは大変だったろうというのは容易に想像できる。彼がブライトンに南下して来た理由もそれだったらしい。

実際、丘の上の公営住宅地から海辺のゲイ街に出勤しているわたしなんかも、毎日、両極端なふたつの世界を往復しているような感がある。

例えば、ジュビリーやオリンピックで盛り上がった今年の夏は、英国中でユニオンジャックの旗が翻っていた夏でもあったが、公営住宅地ではさらにフットボール的で右翼的な聖ジョージの旗が目立ったし、ゲイ街には国家とはまるで関係のないレインボウ・フラッグがはためいていた。みたいな話をランチタイムにしていると、ゲイの同僚Aは言った。

「英国全体がお祭りムードでなんとなくユニオンジャックを掲げていたときに、ゲイ・コミュニティと貧民街だけが違う旗を掲げていたっていうのは、面白いね」

「それはやっぱり、正反対のようで似たところがあるから？　例えば、排斥されている意識とか」

「そういう意識が強いグループほど、何かの旗の下に群れたがるからね」

「でも、この街でゲイが排斥されてるとは言えないでしょ。経済的にも、影響力的にも、はっきり言って主流じゃん」

「まあね。絶対数が多いから」

というAは、ブライトンに来てから、鎧で全身を固めて生きるようなゲイ意識。というものを失くしてしまったらしい。

彼はザ・スミスが涙ぐましいほど好きな青年なのだが、ヨークシャーの公営住宅地でマッチョなガキどもにいじめられながら身を固くして街を歩いていた頃、自室でガリガリ聞いていたのがモリッシーの歌だったと言っていた。

が、そんな彼も、最近はまったくザ・スミスを聴いてないらしい。

社会的にリスペクトされたゲイ街での暮らしは、その内部での人間関係などの問題はあるにせよ、総体的にはヘヴンだと言う。それはなんとなく、モリッシーの"I'm Throwing My Arms Around Paris"の中ジャケ写真の新宿二丁目的ムードを思い出させる。わたしの祖国の友人は、十年ぶりにモリッシーを見に行ったら、「さぶとマツコ・デラックスの世界になっていた。アイロニーだと思いたかったが、本人があまりに楽しそうだったので当惑した」と言っていた。

思えば、いまでもモリッシーについて「居場所のなさを歌い続けている」と語るのは、ちょっと無理がある。英国のゲイにしても同様だ。彼らだってガラの悪い貧民街にでも近づかない限り、あからさまな排斥を受けることはないし、それにしたってAのように自分で動きさえすれば、居場所は探せる。

「だいたい、僕は旗ってものが大嫌いなんだけど。旗を掲げるってのは、排他的な行為だ。レインボウ・フラッグにしても同じことだよ」

とAは言う。

たしかに、貧民街からゲイ街に入って来るとき、バスの窓から見るレインボウ・フラッグは、「さあここからは、ゲイとインテリが住むヒップな街ですよ。リベラルの概念がわからない人は来ないでね」と宣言しているようにも見える。

逆に、ゲイ街から貧民街に帰るときに、公営住宅の窓から覗く聖ジョージの旗は、もう他には誇るものなど何もなくなったホワイト・トラッシュと呼ばれる人びとが、自分たちはイングリッシュであるという最後の砦を張り巡らせ、他者を威嚇しているようである。

排除されている意識のある者たちが、旗を掲げて他者を排除しようとする。

英国社会の階級は、もはや職業や収入だけで語れるものではなく、性的趣向や人種などの要素も入って来て著しく複雑になっており、例えば、ミドルクラスのストレートのパキスタン人とワーキングクラスのゲイのイングランド人はどっちがどっちを差別する側なのか。という風にぐちゃぐちゃになっているにも拘わらず、それでも階級が済し崩しにならないのは、人間の線引き願望というか、せつない旗揚げ願望のせいなのかも知れない。

「そう考えると、レインボウ・フラッグも聖ジョージの旗も、なんかサッドだよね」

わたしが言うと、Aは言った。

「っつうか、バカだよね」

レインボウ・フラッグをバカだと言い切るゲイには、わたしは他に会ったことがない。

が、八〇年代に戦った世代のゲイと、現代の若いゲイには、明らかに温度的隔たりがある。時代は変わったのである。少なくともブライトンには彼らにとっての〝ヘヴン〟があるし、そこには、わたしたちの職場のような同性愛者の子女向け保育園さえ存在する。

「とはいえ、そのバカな旗を揚げているグループの決定的な違いは、聖ジョージのほうの子どもたちは、誰も真綿でなんかくるんでくれないということだよ」

「……」

「ヨークシャーでは、アンダークラスな地域の保育園で働いてたんだけど、あそこの子どもたちは、現実を現実として直視しながら育って行くしかないもの」

「わたしもそういうところで働いていたから、それは、わかる」

聖ジョージ旗とレインボウ・フラッグの世界に一本ずつ足を入れて生きてきたようなAが、心情的に着地するのは聖ジョージのほうなのだろうか。と思う。クラビングとダンス・ミュージックに明け暮れるゲイ街ライフを満喫しておきながら、ジェイク・バグがいい、いい、とわたしの耳元で囁き続けたのも、彼であった。

ブライトンに移住して以来、ザ・スミスの〝There Is A Light That Never Goes Out〟が聴けなくなったと嘆くので、「そんなに聴きたいなら、うちに来る?」と誘うのだが、ぶんぶんと首を振る。公営住宅地には、強いラヴ&ヘイトの想いがあるようだ。

二度と戻らない。と覚悟を決めている人ほど、そういうところがある。

英国では十月最後の週末から冬時間に切り替わっている。だから、一日の仕事を終えて職場を出る頃には世のなかは真っ暗だ。とはいえ、カフェやバーの灯りが揺れるゲイ街は明るい。そのにぎやかな灯りのど真んなかに戻って行くAに手を振り、バスの終点にあるわが貧民街に辿り着けば、そこには本物の暗闇が待っている。あまりに辺りが暗過ぎて車に轢かれた狐を路上に見つけることもあり、動物にとっても危険なシーズンの到来だ。

"There Is A Light That Never Goes Out"が似合うのは、こんな世界だ。市街の明るみの果てにある、闇の濃度が急に上がる世界。街灯が切れていても、地方自治体が取り替えにすら来てくれない、見捨てられた世界。

There is a light and it never goes out

頭上に生き残っている光はごく僅かであり、じーっ、じーっと不気味な音をたてている街灯は、あれはまた消え行く前兆なのだろう。

There is a light and it never goes out

じーっ、じーっと音をたてている街灯ではなく、安定感のある光を放っていた街灯のほうが、ぶつっと唐突に切れた。

街灯がひとつ消えるたびに街の温度も下がって行き、今年の冬はのっけから底冷えがする。

ちなみに、公営住宅地の灯りを消えっぱなしにしているこの国の首相は、二年前、ジョニー・マーからザ・スミス好きを禁止された男である。

（初出：web ele-king Nov 09, 2012）

ヨイトマケとジェイク・バグ

十六年ぶりに日本で新年を迎えた。

で、大晦日は炬燵ばたで親父と飲みながら紅白歌合戦を見ていたのだが、これがなかなかエキゾチックで面白かった。自分の母国について、エキゾチック。というのも鼻持ちならん言い方だが、しかし、十六年といえば、おぎゃあと生まれた女児が合法的に結婚できるようになる時間の長さだ。実際、わたしの感慨は、初めてテレビでユーロヴィジョン・ソング・コンテストを見たときにも似たものがあったのである。やたらと幼い若者がぞろぞろ多人数で出て来た前半部分は、初音ミクなどというキャラが出て来る土壌をヴィジュアルに理解できる機会になったし、オタク、マンガ、コスプレが大好きな英国のティーンなんか（ミドルクラスの子女に多い）が大喜びしそうなジャパニーズ・カルチャーの祭典になっていた。

この世界が、現代の日本を象徴しているのだ。ならば、もはや見なかったふりをしてスルーすることはできない。向後、わたしは日本を訪れる英国人には、俄然、紅白を見ることをお勧めする。Different, Weird, Tacky, Bizarre。スモウ・レスラーは審査員席に座っているし、これほど外国人観光客が喜びそうなキッチュな番組は他にないだろう。

「もう、子ども番組のごとなっとろうが」

北島三郎の登場を待って眠い目をこすっていた親父が言った。というか、これを見ていると、日本には子どもと老人しかいないようである。

キッズ番組から一気にナツメロ歌謡集に変わって行く番組を見ながら、ちびちび焼酎をなめていると、黒ずくめの衣装で美輪明宏が出て来て、〝ヨイトマケの唄〟を歌いはじめた。

「……これ、普通に流行歌としてヒットしたわけ?」

「おお。お前が生まれたぐらいのときやった」

「その頃、この人はゲイって、もうみんな知っとったと?」

「おお。この人がその走りやもんね。日本で言うたら」

「そういう人が、『ヨイトマケ』とかいう言葉を歌って、さらにそれがヒットしたって、ちょっと凄いね」

「この人は長崎ん人やもんね。炭鉱町で働く人間のためにつくったったたい、この歌ば」

歌の途中で親父を質問攻めにしたのは、〝ヨイトマケに出る〟という表現が日常的に家庭で使われていた環境で育ったわたしが、土建屋の父親とふたりっきりであの唄を聴いている、というシチュエーションがけっこう感傷的にきつかったからだ。が、そういうのは抜きにしても、わたしは当該楽曲にハッとするような感銘を受けた。

これは日本のワーキング・クラスの歌だ。と思ったからだ。

翌日、ブライトンの連合いから電話がかかってきた。大晦日の夜は、例年のようにBBC2で「Jools' Annual Hootenanny」を見ていたという。日本に紅白があるなら、英国にはこの番組がある。

「ジェイク・バグが『ライトニング・ボルト』を歌った。それが一番良かった」

と連合いは言った。

紅白を見ながら、日本にも四十六年前にはワーキング・クラスの歌があったのだということをわたしが確認していた頃、英国では、「下層階級のリアリティを歌う」という作業を久しぶりに行った少年が、やはり国民的な年越し番組に出て二〇一二年を締め括っていたらしい。

「日本もね、階級社会になってきたよ」

という言葉を聞く度にわたしが思うのは、階級は昔からあった。ということだ。

しかし、わたしは長いあいだ日本では無いことにされてきた階級の出身なので、こういう反論をすることを不毛だと思う癖というか、諦めてしまう癖がついている。

例えば、わたしは「できれば高校には行かず、働いてくれ」と言われた家庭の子どもだった。奨学金で学校には行けることになったが、通学用の定期券を買うために学校帰りにバイトしていて、それが学校側にバレたとき、「定期を自分で買わなければならない学生など、いまどきいるはずがない。嘘をつくな」と担任にどやされた。思えば、この「いまどきいるはずがない」は、わたしの子ども時代のキーワードであった。

「俺の存在を頭から否定してくれ」と言ったパンク歌手があの頃の日本にいたと思うが、そんなことをわざわざお願いしなくとも、下層階級の存在は頭から否定されていた。

年頭からこんな自分を裸にするようなことを書かなくてもいいんじゃないかと思うが、しかし、わたしにとって英国のほうが住み心地が良いのは、ここには昔もいまも継続して消えない階級というものが人びとの意識のなかに存在し、下層の人間が自分の持ち場を見失うことなく、リアリスティックに下層の人間として生きているからだと思う。

わたしが育った時代の日本は、リアリティをファンタジーで抑圧していたために、当の下層民が下層民としてのアイデンティティを持てなかった。そんなところからワーキング・クラスの歌が聞こえてくるはずがない。

「わたしは生まれも育ちも現在も、生粋の労働者階級だ」ということを、わたしが大声で、やけくその誇りのようなものさえ持って言えるようになったのは、英国に来てからだ。

〝国民全員それなりにお金持ち〟などという、人民ピラミッドの法則を完全無視したスローガンに踊らされた国民が一番アホだったのだが、あの、国民が共犯してリアリティを隠蔽した時代が、わが祖国の人びとの精神や文化から取り上げたものは大きい。が、そんな日本でも、いきなり下層の人びとの存在認定が降りたらしい。

紅白の〝ヨイトマケの唄〟が話題になっているというのも、そんなことと関連しているんだろう。しかし、この国の下層の歴史には黒く塗りつぶされた期間があるので、再びワーキング・クラス文化が生まれ育つには時間がかかる。「母ちゃん見てくれ、この姿」の〝ヨイトマケの唄〟と、二本指を突き立てて親に愛想を尽かして出て行くジェイク・バグのあいだには、四十六年の隔たりがあるのだ。

ジョニー・ロットンやケン・ローチやギャラガー兄弟やマイク・リーが、現実を直視することによって生まれる下層の声が、中野重治が「すべての風情を擯斥《ひんせき》せよ　もっぱら正直のところを　腹の足しになるところを　胸さきを突きあげてくるぎりぎりのところを歌え」と言ったところの表現が、わたしが育った時代の日本には生まれなかった。世代と共に少しずつ変容し、洗練され、進化して行くはずのワーキング・クラス文化が、わが祖国では育たなかったのである。

そんなことを考えながら機内に座っていると、いつの間にかヒースローに着いていた。

入国審査には長蛇の列。八〇年代に日本で人気のあった男性アイドルグループのメンバーとその妻子がデザイナーブランドに身を包み、アサイラム・シーカーみたいな切羽詰った感じのアフリカ系の人びとや、険しい顔つきの中東の家族にまみれて所在なさそうに並んでいた。

「Do you miss Japan?」

唐突に入国審査官に訊かれて、反射的に、

「No, not at all」

と言うと、脇に立っていた六歳の息子が声を出して笑った。

「Fair enough」と金髪の若い審査官の男性も笑う。

「Well, my life is in this country now...」と妙に言い訳がましくなりながら、審査官に手を振り、パスポート・コントロールを後にすると、息子が言う。

「そもそも、なんで母ちゃん、日本からこの国に来たの?」

「貧乏人だったから」

「いまも貧乏じゃん」

「まあね、でも、そういうことじゃなくて。あんたがもう少し大きくなったら、説明する」

そしてずっしりと重い荷物を受け取り、わたしは息子を従えて、ずかずかと大股で英国に帰ってきた。

脇にさげた手荷物の中には、知り人にもらった祖国のカステラ。

I couldn't ever bring myself to hate you as I'd like...

懐かしい曲の一節が、到着ロビーのカフェから聞こえてきた。

（初出：web ele-king Jan 15, 2013）

愛と宿業のクラス・ウォー@ペンギン組

「なんかさー、あのチアリーダーみたいなルックスの子、二十代にして認知症なのかなって」

スタッフ休憩室で新人の娘がVのことをそう評すと、ペンギン組責任者Dは紅茶を吹きそうになって笑った。

三十歳のDは、ペンギン組に配置されているわたしの上司でもあるわけだが、彼女は部下である二十三歳のVが大嫌いである。

ブルネットの髪に顎の尖った理知的な顔立ちをしたD（実際に、キレキレで仕事もできる）と、ブロンドに水色の瞳をしたプリティ＆おっとりしているV（実際に、よくいろんなことを忘れる）は、見た目からして正反対なのだが、生まれ育った環境も正反対だという。

Dは三人の子どもを育てあげた公営住宅のシングルマザーの娘だ。父親は無職のアル中だったそうで、一年の半分は家におらず、ちょっと帰って来ては、すぐ何処かに消えていたらしい（路上生活やシェルター生活を好んでする癖があったようだ）。こういう父親のいる家庭はアンダークラスに多いものだが、Dの家庭はあくまでも労働者階級だったらしい。

忘年会で泥酔した帰り、彼女はタクシーの中で言った。

「私の母親は、いつも働いていた。昼は工場で働き、夜は他人の子どもを預かっていた。週末は映画館でポップコーンを売っていた。それでも家にはお金がなかったから、学校の制服なんか、お下がりのまたお下がりで、破れて穴が開いていた。アンダークラスの子のほうが、よっぽど裕福な家の子に見えた」

そんなDは、何かにつけてVに辛くあたる。というか、いじめる。というのも、Vはミドルクラスのお嬢さんだからだ。

通常、良家の子女は、限りなく最低保証賃金に近い報酬で働く保育士などの職には就かないものだが、英国版ハンナ・モンタナみたいな外見のVはディスレクシア（読字障害）であり、職場で読み書きするのに、わたしのような外国人の助けすら必要とする。彼女の兄たちはケンブリッジ大卒のエリートだそうで、裕福な両親や兄たちに守られて育ってきたのだろうVは、気持ちの優しい娘だ。子どもたちに人気もある。ぼんやりしているので失敗は多いが、それにしたってご愛嬌と思える性格の良さがある。が、Dは許せないらしい。

「ファッキン・ポッシュ（上流階級）な糞バカ」と陰でVを呼び、彼女が失敗する度に、何もそこまで言わなくとも。と思うほど叱るので、Vはよく泣く。

と書くと、Dはまったく嫌な女のようだが、実際には情に厚く、知的な姐御肌《あねごはだ》だ。しかし、Vのこととなると、人が変わる。

英国は階級社会だといわれるが、その階級は法的なものでもなければ、制度的なものでもない。それは人びとの意識のなかにあり（ソウルのなかにあると言った人もいた）、人びとはその意識と共に育ち、育つ過程でその意識も大きく、逞しく、成長して行く。

「人間の最大の不幸は、自分で生まれて来る地域や家庭を選べないことだ」が口癖の英国人を知っているが、保育園などというキュートな（筈の）職場での、若いお嬢さんたちの階級闘争一つを見ても、この国の人びとにとり、階級というのがどれほど根深い概念なのかということがわかる。

もはや、業といっても良い。Dにしたって、自分がやっていることがいじめであることがわからないようなアホな人間ではない。わかっている。わかっているのにやめられないのだ。ヘイトレッド（憎悪）というのは、業のことだ。一時的なセンチメントではない。

だからこそ、音楽であれ、映画であれ、書物であれ、この国の文化芸術には、階級という業から解き離されているものは一つもないように思う。階級は、ヘイトレッドを生み、コミュニティを生み、闘争と愛を生む。人種、性的指向、宗教、障害などはヘイトレッドを生む人間同士の差異として万国共通のものだが、この国には、それらに加え、階級意識。という宿業のエレメントがある。

このエレメントは、実は最もパワフルで根深いものかもしれない。しかも、「金持ちの足を引っ掛けて転ばせる貧乏人はクール」みたいな、ワーキング・クラス・ヒーロー賛美の伝統もあるので、貧者から富者への攻撃は許される。特に、保守党が政権を握り、貧乏人がいよいよ貧乏になってから、この風潮は強くなっている。ネオ・ワーキング・クラス意識の盛り上がり。とでも呼ぶべきだろうか。低賃金で働く若い労働者の層が、被害者意識をやたらと肥大させ、妙に頑なになっている。

貧者が貧者であることを高らかに叫ぶことのできる社会は素晴らしい（わたしが育った時代の日本では、貧者は「いない」ことにされていたから）が、時折、どうしてそこまで階級に拘泥して生きるのか。と思う若い子に出会うのだ。

思えば、わたしがペンギン組に配置された当初、Dが最初に確認してきたのは、だった。

「あなたの氏育ちはわからないけど、私は本当に貧乏な家庭で育ったの」

「わたしの親も、相当な貧乏人ですよ」

と答えたが、もしわたしがミドルクラス出身で、しかも外国人という場合、いったいわたしはDにどんだけのいびりを受けていたのだろう。

「なんでそんなにVのことといじめるの」

忘年会の帰り、タクシーをシェアしたDに、わたしは尋ねた。その日のDは、わたしが尻を押さなければタクシーにも乗れないぐらい泥酔していた。

「いじめてないでしょ」

「ありゃいじめだよ。虐待と言ってもいい」

わたしが言うと、Dはのけぞって大笑いした。

「はははははは。下層の人間には、上層の人間を虐待する資格がある」

「ないよ、んなもん」

「あるの。この国では」

愉快そうに笑うDを見ていると、まあ、わたしも人のことは言えないか。と思う。わたしも、むかし、「わたしは金持ちは嫌いである。なぜなら、彼らは金持ちだからだ」と書き放ったことがあったからだ。

まあ、要するにその程度の、バカなことなのだ。

そしてそれだからこそ、呪いのように変わらない。

そんなDが、先日、保育園をやめた。海辺の豪邸に住む金持ちに、現在の二倍の報酬でお抱えナニーとして雇われたという。

「こんなこと言うのはナイスじゃないとわかってるけど、でも、嬉しい」

Dがやめると知った時、Vはそう言ってロッカー室でそっと涙ぐんだ。ようやく、ペンギン組の階級闘争に幕がおりるのである。

Dが園を去る日、ピザ屋で送別会が行われた。来ないかな。と思ったが、Vはやって来た。敢えて「行きません」という勇気はなかったのだろう。

送別会の席上でさえ、Dは、労働者階級の人間特有のあけすけなブラック・ユーモアで、本人が目の前にいるのにVの失敗談をジョークにしてげらげら笑い続けた。酒が飲めないVは二次会には来ないと言い、先に帰ったが、帰る間際にバッグから花柄のプリティな箱を出してDに渡した。

「また、最後までこんなポッシュなもん買って来て！」

Dは笑う。地元では有名なフランス人ショコラティエのいる高級チョコレート店の箱である。

「Good Luck」「Take care of yourself」「You too」などと社交辞令を言い合い、ふたりはハグを交わし、Vは店を出て行った。終わり良ければ全て良し。か。なんやかんや言っても。と思いながら見ていると、Dが、箱と一緒に渡された小さな封筒を開けた。

可愛らしい水玉のGood Luckカードが入っている。Dがカードを開くと、中にはこう書かれていた。

「Thanks for nothing」

Dの顔は、見る見る真っ赤になった。その晩、またもやわたしが尻を押さねばタクシーに乗れぬほど彼女が泥酔したのは言うまでもない。

「あの女、やっぱりムカつくっ！」

帰りのタクシーの中でもDは荒れていた。

「親が金持ってるってことはね。行きたきゃ上の学校にも行けるし、将来できる仕事だって無限にあるってことなんだ。それを彼女はあたら無駄にして、ぼんやり生きて」

Dが、大学のファンデーション・コースの通信講座を受けたがっていたことを思い出した。

「だけど、それは個人のチョイスだからね」

「あんなに恵まれてるくせに」

「それぞれが、自分で選ぶことだからね」

「これだからミドルクラスの奴らは」

彼女が脇を向いて静かになったので、寝たのかな。と思って顔を覗き込む。BBCラジオ2からオアシスの曲が流れていた。

Dは虚空を睨みながら、小声でリアム・ギャラガーと一緒に歌っている。

Because maybe
You're gonna be the one that saves me
And after all
You're my wonderwall

彼女にとってのワンダーウォールとは、階級意識なのだろうか。とふと思った。

それは、生きるバネとなり、慰安となり、回帰する場所にもなるものだから。

それは、冷たく厳然としているのにどこか暖かい、不思議な壁である。

人間が先へ進むことを阻む壁であり、人と人とをディヴァイドする腐った壁であることには、変わりないとしても。


（初出：web ele-king May 21, 2013）

第2章　映画評・書評・アルバム評

映画評

ミッフィーの×と『初戀』

ミッフィーちゃんの口は、どうして×なのだろう。

わたしは日本人だから、やはり最初に思い浮かぶのは、バツ。というネガティヴなイメージだ。口はあるけど、喋れない。或いは、喋ることが許されていない。ということのメタファーかと思ってしまう。

しかし、英語圏では×はキスの意味でもあるから、そう考えるとスウィート&キュート（&ちょっと淫猥）な感じもする。が、ネット検索してみると、作者本人は「あれは鼻（×の上半分）と口（×の下半分）を合体させたものだ」と言っているそうで、そう思えばミニマリズムのかほりすら漂い、ミッフィーちゃんという奴は、一見あんなにぼさっとしたルックスでありながら、抽象表現を批判的に継承しつつ抽象芸術の純粋性のみを追及するというミニマル・アートを体現した、そんな大変なキャラクターであったのか。と感心するばかりだが、あれこれ思索してみたところで、当のミッフィーちゃんはいつも張り付いたように無表情な顔をしている。

今泉浩一監督の『初戀』は、レズビアン&ゲイ映画祭を中心に、主に海外で上映されているらしい。ベルリン国際映画祭パノラマ部門に招聘されたとき、予算の額を明かすと「それはLow Budgetではなく、No Budget」と映画祭ディレクターに指摘されたそうで、映画を語るときに2D上映か3D上映かということが話題になる現代にあり、ほとんど1・5D映画。と呼びたくなるようなミニマルさで、音楽に喩えるなら、自宅打ち込み派の作品である。DIY映画らしく、メインキャストはみな友人、知人、赤の他人のゲイ。ノンケ俳優による「こうじゃないんだよなあ」な演技を見すぎたからだという。

今泉監督とのパートナーシップで映画を作り続けている音楽担当の岩佐浩樹氏は、海外のL&G映画祭のプログラマーから、「日本の他のゲイ作家や作品を紹介してくれ」と頻繁に言われるそうだが、「日本で現在、ゲイネスを作中に潜ませたエッセンスやくすぐりとしてではなく、ナラティヴを作り続けているのは、我田引水ながら自分らの他には思い当たりません」と仰る。

で、『初戀』を見たとき、いやー、そりゃそうだろうなあ。と思った。こんなゲイによるゲイのためのゲイの物語を撮った映画は、日本製では見たことがない。

そもそも、マーケティング先行のBLワールドの映画とは違い、こっちはどっぷり生だ。濡れ場にせよ、ブルータルさが残っていて、リアルである(この点は、チャンネル4の名作ドラマ『Queer As Folk』に似ている。あれは、性描写も含め、その後の英国のゲイ映画のあり方を根本から変えた作品だった。例によって、これも日本には入ってないらしいが)。

『初戀』では、いろんな場面にミッフィーが出てくる。

まず冒頭。同級生の男の子に恋をしているタダシが、彼に告白される夢を見るシーン。夢から醒めたタダシの部屋の壁に、カラフルなミッフィーのカレンダーがかかっている。そしてタダシが彼と想いを遂げる自分の姿を想像しながら、自室で自慰を行う場面。ここでも、ベッドで喘ぐタダシの姿を、壁のカレンダーからミッフィーが見下ろしている。

もう一度ミッフィーが出てくるのは、タダシが街で会ったゲイの青年が交通事故に遭うシーンだ。タダシは見知らぬ青年のバッグを開き、彼が事故に遭ったことを身内に知らせるための手がかりを探すのだが、そのバッグの中にも、なぜかミッフィーの絵がついたポーチが入っている。

何でミッフィーなんだろ。と妙に気になり、ラストシーンで、ああ。ミッフィーの国、オランダは、世界で最初に同性婚を認めた国だった、と思い当たる。が、実は、それだけではないような気がした。ミッフィーの×。がやけに気になるのだ。

むかし、わたしが若かった頃、自室の壁にCRASSの『Penis Envy』というアルバムのジャケットを飾っていた時期があったのだが、『初戀』の中で微笑しているミッフィーを見ていると、なぜかあのジャケットの絵を思い出してしまう。どちらも口元にヴィジュアルの焦点があるせいだろうか。

タダシを演じた青年には、独特の存在感がある。というか、ない。と言ったほうが的確かもしれない。零れるような夏の白い光の中で、「はーい」と彼が言う度に、いったいこの突拍子もないほど浮遊した声は、生きた青年のものなのか。と訝しく思った。ストーリー中のゲイの人びとにしてもそうだ。悪人がひとりも出て来ない。みんなふわふわとして、現実感がない。ラストシーンの直前に、ケイゴという登場人物が真っ白の服装で踏み切りの向こう側に立っているシーン（しかも、過去のリピート場面）があり、げげげ。もしかして、死んだとか。ほんで、実はこれ、全員ゴーストの話だったとか。と要らぬ勘繰りをさせられる瞬間があるのだが、これがどんでん返しの幽霊ストーリーだったとしてもわたしは驚かないだろう。

日本で暮らしているとどうも、社会的にはクローゼットなままで「なんとなく」ゲイでも大丈夫っぽい、という薄気味悪い感じがある。

と岩佐氏は書いておられたが、確かにこの映画には、クローゼットの中を描いている感じがある。そこは心やさしい人びとだけが集まる浮遊したユートピア。しかし、ユートピアというのは、前提として社会には存在しない場所のことである。存在しないということは、NOであり、ゴーストであり、×なのである。

「(同性婚についてどう思うか、って?) そりゃあさ、うん、素敵なことだとは思うけどさぁ、……でも、結局のところ、ぼくらには関係ない話だって。しょせん外の国の話でしょ」

と、ぼんやりした表情で言ったヒロキの口元に、×がついているように見えたのは気のせいだろうか。

それにつけても。ミッフィーの顔からCRASSのアルバム・ジャケットを連想させられた映画など初めてだ。しかし、あながちこの思考回路は間違ってなかったのかなと思うのは、『初戀』の三年後に公開された今泉作品『家族コンプリート』のブリリアントに破壊的なシノプシスを読んだときだった。

ふと思い出したのである。ダッチワイフの顔をジャケットに使用したCRASSの『Penis Envy』のテーマは、セクシュアリティーと性的抑圧だったと。

ミッフィーちゃんの×には、そこはかとなくアナキズムのかほりがする。

(単行本時の書き下ろし)

ミッドランドの旧約聖書──『Dead Man's Shoes』

「車で英国の田園地帯を通ると、そこは緑色のプリティなヴィレッジと美しいカントリー・サイドの世界だ。しかし、その裏側には、暴力とドラッグが横行するブロークンな公営住宅地が必ず存在している」

とシェーン・メドウズ監督は言う。彼が『Dead Man's Shoes』で描きたかったのは、その世界だという。

わたしはこの映画が大好きで、それは大変に貧しく暴力的で陰気な話ではありながら、妙にユーモラスでとぼけた一面があり、根底には何か非常にビューティフルなものが横たわっているからだ。ここまで個人的に好きな要素が全部入っている映画は、他にはないかもしれない。

この映画は、シェーン・メドウズと主演俳優のパディ・コンシダインが共同で作った映画だ。

「シェーンのことは十七歳の頃から知っている。彼も僕も、北部の田舎の公営住宅地で育った。あの頃、自分たちのコミュニティではひどいことが起きていた。無茶苦茶なこともあった。だが、それらは、そのままになっている。というか、忘れ去られて、無かったことになっている。今日まで、誰もそういうことの責任を取ったやつはいない。そういうことを彼と話していて、この映画のプロットができた。ふたりで数週間かけて脚本を作った」とコンシダインが語るこの映画は、要するにリヴェンジ・ムーヴィーである。

しかし、その舞台は、オハイオとかそういう場所ではない。あくまでも英国のミッドランドに広がる緑色の草原と、絵葉書のような美しいヴィレッジの背後に隠れている荒涼とした公営住宅地や薄汚れたパブである。

「シェーンの映画に出る時は、自分が作品を通して何かを語っている気になる」というパディ・コンシダインが、非常にマグニフィセントな演技を見せている。リヴェンジをする男。というキャラは古今東西、多くの映画に出てくるが、このコンシダインはヒーローではない。ヒーローというより、ガスマスクを被った聖人のようだ。どこか人間離れした静寂が表情に表れる一瞬がある。

シェーン・メドウズはこの映画で成敗されるドラッグ・ディーラーのような人びとと交流があったというし、パディ・コンシダインにしろ、田舎の公営住宅地で育ったからにはこうしたギャングたちと無縁ではなかっただろう。そのせいなのか、ギャングたちに人間性があるというのも、この映画をリアルなものにしている。

この映画の後にシェーン・メドウズが撮った彼の出世作『This Is England』でもそうだが、彼の映画では、どんなキャラにも人間性というか、人としての一面があり、単なる野獣とか単なる悪党とかいう、のっぺりした人物が出て来ない。だからといって、実は人間はみな善人、みたいな性善説でもなく、最終的には大罪を犯してしまう人間のひとりひとりが、やけにユーモアに長けた人物だったり、臆病者だったりして、うちの近所にもいそうな庶民として描かれているのである。

「自分にも、ああいうギャングとハング・アウトしていた時期があったが、彼らのユーモアのセンスはシャープ。ほとんど残酷と言っていい。彼らはその刃物のようなユーモアで真っ暗な現実を生き延びている」

とシェーンが言うところのユーモアのセンスが、非常に良くない方向に暴走したらどうなるか。という経緯も、まるで彼がそこで見てきたかのようにリアルに描かれている。

『This Is England』シリーズにしてもそうだが、シェーン・メドウズという監督は、自分が知っている世界しか描かない。

だからこそ、彼はロンドンの外で映画を撮り続けたいと言うのだろうし、ミッドランドの公営住宅地に拘り続けるのだろう。彼が全ての登場人物を人間として描かずにいられないのも、それらの登場人物はすべて彼が知っている人びとだからだ。それだから、どんなに残忍で極悪非道な、見るに耐えないようなキャラもひとりの人間として描かねばならない。

そういうことをするお前らの気持ちはわからないが、俺はお前らを知っている。だから、理解はできないとしても、お前らがどういう人間だったかは、きちんと描いておく。

という、自分が知っている世界に対する仁義のようなものが、彼の映画からは感じられるし、わたしはそうした彼の姿勢には大きな共感を覚える。これは、地方出身者特有の泥臭い感情なのかもしれない。しかし、その何かベタついたものが、乾いたリアリズムの底に流れているところが、シェーン・メドウズの持ち味であり、ニヒリスティックに虚無感を漂わせただけのリアリズム映画とは一線を画しているところだと思う。

罪を犯した者たちが人間としてきちんと描かれていればこそ、彼らが犯した罪の重力も増す。それだからこそ、ミッドランドの田舎の公営住宅地で繰り広げられる復讐劇は、リアリスティックでありながら、どこか旧約聖書の話のような宗教的なムードが漂っている。

思えば、ブロークン・ブリテン。と呼ばれる野蛮なアンダークラスの日常は、たしかに旧約聖書の世界に重なる。旧約の世界の人間は、しょっちゅう物を盗んだり、隣人の妻を寝取ったり、殴ったり殺したり、それはもうプリミティヴである。そして、そこに現われる神は、怒れる神であり、制裁する神だ。それは、「私はあなたを許します」と言ったジーザス・クライストが現われる前の、激しい神である。この神は、悪事を働けば、街に火を降らせて人びとを滅ぼしたり、何代にも渡って呪ったり、子供をみな殺しにしたりする。

パディ・コンシダイン演じるところの、同作の主人公は旧約聖書の神なのかもしれない。だからこそ彼は言うのだろう。

「ジーザスなら彼らを許して天国に入れる。だが、俺は許せない」

美しい英国の田園地帯の背後に隠れている汚辱にまみれた貧民街。&そこで展開される旧約聖書の世界。という設定は、それだけでもジーニアスだと思う。

加え、全て饒舌に語り尽くした感のある『This Is England』と違い、潔く余白を残した編集も、同作の美しさを際立てている（これはパディ・コンシダインの好みだったのかとも思う）。そういえば、パディ・コンシダインの監督デビュー作『TYRANNO-

SAUR』（邦題：『思秋期』）にも似たようなムードがあった。

シェーン・メドウズとパディ・コンシダインのふたりは、二十一世紀のケン・ローチとマイク・リーになる人たちだ。とわたしは思っている。

『Dead Man's Shoes』は、あと二十年ぐらい経ったときに、その起点となった作品として語られている映画だ。

（単行本時の書き下ろし）

ウッドビーズとルーザーズ──『This Is England '86』

今は遠い昔になった八〇年代のことである。語学学生という肩書きの、でも本当は遊びたくてUKに来ただけの、実にけしからん姉ちゃんだったわたしは考えていた。

「どうして英国人は働かないのかなあ」

わたしの周囲は失業保険受給者だらけであった。で、これらの失業保険受給者たちは、街角でバスキングしているミュージシャン志望の青年。とか、マーケットで古着や自作の服を売っているデザイナー志望の女性。とか、なんかみんな「志望」している若者ばかりで、英語で何かになりたがっている人を「ウッドビー（would-be）」と呼ぶが、英国の失業保険受給者というのはウッドビーズの集まりなのだろうかと思っていた。

音楽も、アートも、ファッションも、英国から次々に面白い人たちが出てくるのは、ウッドビーズの存在を許容する制度があるからで、英国は、つるっと簡単に失業保険を支給してウッドビーズたちの面倒を見る代わりに、これらの失業保険受給者の中から時々世界的スーパースターになる人が出てきて、国の経済やアートやイメージを背負って立つ。なんとも面白い、しかしストラテジックな、英国ならではのシステムだなあ。と考えていた。

しかしそれは、当時ロンドンに住んでいた外国人が感じたことで、地方では全く話は違っていたのだろう。

そもそも、ロンドンは何かをやって一旗あげたい人間が集まってくる場所だ。ポストパンク後の、何でもあり。やったもん勝ち。みたいな八〇年代後半の英国は、経済的にはイケてなくとも、ポップ・カルチャーはイケていた。サッチャーが製造業で成り立っていた地方の町をぶっ潰し、夥しい数の失業者を出したため、逆説的に失業保険をもらえる基準は甘くなり（そうでなければ内戦が起きていただろう）、失業者の名目的な数を減らすために疾病・障害者生活保護金の乱れ打ちを行ったりして（「ちょっと腰が痛いと言ったら、余裕で出るよ」と言っていたウッドビーズもいた）、働かずとも食える制度を国が確立したため、首都に集まったウッドビーズは、その恩恵を受けながらカルチャーを盛り上げていた。

が、地方とは、ウッドビーズたちが出て行った後の窪みであった。失業保険で暮らしていた地方民たちは、ウッドビーズではなかったのである。そこには、ポストパンク以降の、何でもあり。は、何もない。に転換され、やったもん勝ち。は、やる前から負けている。に転換されていた。

シェーン・メドウズ監督の『This Is England』の続編にあたる『This Is England '86』は、TVドラマとして製作・放映された。舞台は『This Is England』同様、英国北部のしょぼい街。という設定になっているが、撮影が行われたのはシェフィールドである。

『This Is England』の続編を作ろうと思った理由について、シェーン・メドウズはこう語っている。

「一九八六年の若者たちが経験していたことは、現在に酷似していると思った。不況や、失業や、世界がターニング・ポイントに来ているという感覚とか」

『This Is England '86』が放送されたのは、保守党が政権を握った二〇一〇年の秋だった。放送されたのは夜十一時。一時間枠で、四話完結だった。チャンネル4のこの時間といえばカルト・ドラマの名作を生んできた枠である。

第一話は、映画版の前半部分のような軽快なムードだ。当時の英国を知る人なら泣けるようなサブカル色に溢れていて、スキンヘッド・ギャングのリーダーだったウディーはモッズの八〇年代リヴァイヴァルだったスクーターボーイになり、ギャングの姐御的存在だったロルは微妙にアニー・レノックスが入った男装の麗人系ロンズデール女子になっている。

一九八三年の設定だった映画版では、主人公はギャングの中で最年少のショーンだったが、ドラマシリーズになった続編では、主人公はウディーとロルのカップルだ。それに、裏の主人公として、映画版でヘイト暴行を働き禁固刑に処された元ナショナル・フロントのコンボが絡んで来る。

映画版がレイシズムを扱っていたとすれば、『This Is England '86』は、児童への性的虐待の問題と、そうした現実が蔓延していた下層社会の闇を描く。

『This Is England '86』で、父親による虐待に何年も耐えてきたのはギャングたちの姐御ロルである。何年も前に家族を捨てて出て行った父親が、ふらりと舞い戻ってくることから彼女の悲劇ははじまり、ドラマのトーンがいきなりヘヴィになる。母親にも妹にも言えない秘密を抱えたロルは父親に反抗するが、母親は父親と復縁する。しかし、無職で昼間も家でゴロゴロしているだけの父親は、ロルを訪ねて来た彼女の親友をレイプし、大人になったロルのことも子供時代のように犯そうとする。

抵抗して父親を殺してしまった現場にロルを訪ねて来るのが、ヘイト暴行罪での禁固刑を終え、出所してきたばかりのコンボだった。映画版では、コンボがナショナル・フロントに走った理由のひとつはロルに失恋したことになっていたが、コンボは子供の頃から彼女が父親にレイプされていたことを知っていた。十代の頃からロルを愛してきたコンボは、「俺も正しいことがしたい」と彼女の罪を被って再び刑務所入りする。

というところで『This Is England '86』は終わるのだが、その他にも、親友ウディを裏切ってロルと浮気するミルキーの話、パキスタン人経営のレンタルビデオ屋で働くショーンの話などが横糸として絡められている。

意地が悪い（良い意味で）と思うのは、映画版でコンボからヘイト暴行を受けて死にかける黒人のミルキーが、コンボの最愛の女性ロルの浮気相手になっていることや、映画版で右翼思想にかぶれたショーンがヘイト襲撃していた雑貨屋のパキンスタン人店主が、ショーンの勤め先であるレンタルビデオ屋の経営者になっていることだ。しかも、ショーンの母親がこのパキスタン人といい仲になっている。右傾する若者、その後。みたいな、きっちり映画版の続編になっている側面もあり、ほんの数年前まで排外主義者だった若者たちが、どんどん社会に入って来て自分の母親や女たちを奪っていく外国人を「ま、しゃーないか」みたいな醒めた姿勢で受け入れている姿は、いかにもリアルだ。イングランドという国は、ずっとこの道を歩んできたのである。

フットボールもモチーフになっており、ラストシーンでは元スキンヘッズの仲間たち（今はほとんど失業者）が、パブでW杯のイングラントvsアルゼンチン戦を見ている。イングランドがマラドーナの「神の手」によって劇的な敗戦をした試合だ。映画版では、ショーンの父親がフォークランド紛争で戦死したエピソードがあり、それが十二歳の彼を国粋主義に走らせる要因にもなっていた。が、そんな特別な意味がある筈のイングランドvsアルゼンチンの試合中にショーンが何をしているかというと、ガールフレンドとパブのトイレにしけこみ、十代のセックスを謳歌している。繰り返すが、時の流れとは、なんともいい加減で、それ故に素晴らしいものである。イングランドという国はこの道を歩んできたのである。

W杯でイングランドが敗退するところでドラマが終わるように、負けている。ということがテーマになっていると思う。地方の失業保険受給者の若者たちは、ウッドビーズではなかった。ルーザーズだったのだ。

日本にDQNという言葉があるように、英国にもChavという言葉がある。『This Is England』シリーズに登場する大半の若者たちは、基本的にその八〇年代ヴァージョンだ。暴力、差別、児童虐待、レイプ、貧困、刑務所。現代のアンダークラスのキーワードと呼ばれている事柄が、約三十年前の彼らの日常にもちりばめられている。

サッチャー政権は、地方の製造業を殺すことによって家畜化された人間たちを生み出したのである。地方社会の檻の中で、政府から餌をもらう動物のように生きる若者たち。学歴も突破口も展望も何もない。「敗者は美しい」、「敗者として生きるのが本当じゃないか」などという文化人が意味する敗北は、自ら選び取る負けであり、何かをする前から負けている（＝飼われている）家畜のことではない。地方のルーザーズたちの世界は、現在のアンダークラスと何ら変わっていない。

「『This Is England』シリーズは現代の英国の話だ。だからこそ、題名は現在形で、『This Was England』じゃないんだ」

とメドウズが言っているのを聞いたことがある。

ひとりの映画監督が自らや友人たちの青春時代を描いた、たぶんにノスタルジックな映像が現代の若い人びとに愛されたのは、それが遠いむかしの話ではなく、彼ら自身のストーリーだからだろう。そして何より、それが偏見や同情が匂う上からの目線ではなく、下側の人間独特の、ドライでシャープだが温かい視線で描かれているからに他ならない。

（単行本時の書き下ろし）

ファッキン大人になること——『This Is England '88』

BBCが週に四日放送している『Eastenders』という長寿ドラマがある。

このBBCの看板ドラマは、日本人の感覚から言えばストーリーが無茶苦茶である。ロンドン東部の下町の一角に住む人びとの日常を描く、いわばホームドラマなのだが、ほとんどの男性キャラと女性キャラが一度はセックスをしたことのある間柄だ。だから、女性キャラが妊娠するたびに、いったい誰の子供なのかわからない。ちょっと目を離すと、今は誰と誰が夫婦なのかもわからなくなる。で、よく窃盗や殺人といった犯罪が起きるので、ムショ暮らし経験者が多く、暴行が多発する（とくにクリスマスあたり）。子供の頃に性的虐待を受けた人とか、ソーシャルワーカーに赤ん坊を取られた人とか、幸薄い女性もそこら中に転がっている。

まだUK暮らしの日も浅い頃、「あのドラマ、あり得ないことの連続でシュール」と英国人に言ったら、「いや、この国ではあれは日常。そういう世界も存在している」と言われたことがある。今になってみれば、彼はあの時「そういう世界」という言葉で下層階級を意味していたのだろうが、当時まだ日本を基準として物を考えていたわたしは驚いたものだった。

『This Is England '88』には、公営団地の一室で暮らしている主人公のロルが、『Eastenders』を見ているシーンが出てくる。これは、シェーン・メドウズが、ポップでカラフルなサブカル色を捨て、地味なキッチン・シンク・ドラマを撮ると決めたことの宣言のようにも見える。

『This Is England '86』が夜十一時枠のドラマとしては異例の高視聴率を獲得したので、チャンネル4は翌年の二〇一一年十二月に『This Is England '88』を放送した。『This Is England '88』の主人公は、前作に引き続き、ロルとウディーだ。が、ふたりとも、もはやサブカル・ファッションはしていない。ロルはバギーを押して歩く疲れたシングルマザーだ。いつも前作と同じコートを着ている。ウディーは、八六年版でのモッズ風マッシュルーム・カットとは打って変わって、七三（八二ぐらいか）のショートカットになっており、勤務先の工場で出世街道を進んでいる。

ロルとウディーは、もはやカップルではない。前作でミルキーと浮気したロルが、彼の赤ん坊を産んでしまったからだ。ウディーは、「自分の子供が生まれると信じきって出産に立ち会っていたら黒い肌の赤ん坊が生まれてきた」というトラウマティックな経験を経て、ロルとも、ミルキーを含む元スキンヘッド・ギャングの仲間たちとも絶縁し、現在はミドルクラスの心優しいガールフレンドと交際している。ミルキーは、遠くの町で働きながらロルと子供のために金を持ち帰ってくる。

で、この三人のストーリーと全く違うところで展開していくのが、なぜかカレッジの演劇コースに通っているショーンの話だが、映画版で十二歳のショーンがヘイト攻撃をかけていた雑貨屋のパキスタン人店主は、八六年版でショーンの雇い主になり、彼の母親といい仲になっていたが、八八年版ではショーンの義理の父親になっている。

殺風景な公営団地で暮らしているロルには、もうスキンヘッドの姐御の勢いはない。アンダークラスのシングルマザーになっている（ジェイク・バグの〝トゥー・フィンガーズ〟のPVで、彼の母親役を演じているのがロル役のヴィッキー・マクルアーだが、あのキャスティングがこのドラマから来ているのは間違いない）。産後鬱のような状態になっているロルは、前作で自分が殺した父親の幻影を見はじめる。

父の亡霊につきまとわれるロルは、救いを求めるように受刑中のコンボに会いに行く。一度も刑務所に彼を訪ねていなかったロルは、ようやくコンボに「サンキュー」と言う。コンボは、獄中でGCSE（義務教育終了時に受ける試験）を受けるために勉強しているという。元スキンヘッド・ギャングたちの中でもとくに苦しい家庭環境で育ち、そのことを互いに知っているふたりには、特別な愛と友情があった。面会室のガラス越しに両拳を突き合わせ、微笑し、ふたりは別れる。

一方、『This Is England '86』では見せ場がなかったウディーが、今作ではノーザン・ピカレスク・ヒーローの魅力を存分に発揮している。工場で昇進のオファーを受けながらも気乗りがせず、ほとんど嫁状態になっている恋人に癒されながらも何かが足りない。今は自動車通勤している彼は、久しぶりにスクーターに飛び乗り、元スキンヘッド・ギャングたちがカラオケで盛り上がるパブの様子をこっそり覗きに行って、窓ガラスにツバを吐く。本作でのウディーは「怒れる若者」である。あれほど嫌っていた中流の大人になろうとしている自分自身に対し、最愛の女や仲間たちと自分を分断した過去の出来事に対し、猛烈に怒っている。

が、クリスマス・イヴの夜中にロルが自殺を図る（クリスマス特番になると誰かが死んだり、物凄く不幸な事件が起こったりする『Eastenders』とここら辺も良く似ている）と、ウディーは血相を変えて病院に乗り込んでくる。そしてクリスマスの朝、病院の一室でロルとウディーが語り合うのだが、このラストシーンは、近年わたしが見た映像の中ではエピックと言えるだろう。

ピカレスク・ヒーローでありながら、ほとんど道化的と言えるような心根の温かさを持つウディーは、一命を取りとめたロルの脇に座り、すでに半泣きになっている。「次は核弾頭か何かにしろ。言っとくが、地球上のどんな鎮痛剤を使っても命を落とす奴はいない。なんてアホなアイディアなんだ。そんなことは最悪のクソバカがすることだ。いったい何があったんだよ」

「あんたやミルキーとは関係のないことよ」

醒めた顔でロルは言う。そしてため息をつき、静かに語りはじめる。

「父親を殺したのはアタシ。コンボじゃない。コンボは自分がしなかったことで刑務所に行った。アタシはそのことを抱えて生きることができなかった」

淡々と喋るロルの言葉に、ウディーは下を向き、男泣きに泣きはじめる。

「ファック！」

「……」

「ああ、なんてこった、コンボ……」

「ええ。わかってる」

「俺はお前に一緒に住まないかと言うつもりだった。けど、いったいどんだけ危険なんだ、お前と一緒に住むのは」

ついクスッと笑ってしまうロルにウディーは言う。

「狂った考えだ。そのことは俺にもわかっている。だが、俺たち、ファッキン大人になろうじゃないか」

「良いアイディアね」

そしてロルはウディーの胸に顔を埋め、ふたりは元の鞘におさまる。

既存のモラルや枠組が崩れ落ちた混沌とした社会では、とんでもない不幸も起こるし、剝き出しの衝突や裏切りもある。なぜなら、そこは、道徳という名のルールで人間が保護されていない、アナキーな世界だからだ。そういう方向に進む社会で人間が生きるには、過去のモラルをリヴァイヴァルさせて「中流の大人」になるか、カオスにまみれる道を選び、ま、しゃーないか。と現実を受け入れながら生きる「ファッキン大人」になるか、のどちらかしかない。

ウディーが抵抗し続けた「中流の大人になること」を、サッチャーやキャメロンが言った「保守党の価値観に立ち返ること」だとすれば、ラストシーンでウディーが言う「ファッキン大人になろう」はそのアンチ・テーゼでもある。

ロンドン暴動が起きた二〇一一年は、「Chav は軍隊に送れ」だの「下層の問題家庭は公営住宅から放り出せ」だのといったヒステリックで幼稚な世論が高まった年でもあった。それゆえ、二〇一一年の年末に放映された『This Is England '88』のラストシーンの主人公たちの言葉は、見る者にとって特別な意味を帯びていたのである。

それはまさに、「Keep Calm and Carry On」という英国人が愛してやまない言葉のシェーン・メドウズ版だったとも言えるだろう。

「Why don't we fucking grow up ?」
「Sounds like a good idea」

（単行本時の書き下ろし）

メドウズ監督描くストーン・ローゼズの勇姿

──『The Stone Roses : Made of Stone』監督／Shane Meadows

シェーン・メドウズとストーン・ローゼズの両者に並々ならぬ愛情を抱く人間としては、ひとり静かに見たい映像だった。が、スキンヘッドの恰幅の良いおっさん三人組がビールを片手に隣に座って来やがったときにはわが身の不運（いつものことだが）を呪った。上映五分前。場内を見渡してみる。おアート系映画専門映画館の客層は、明らかに通常とは違っている。

まず、当然ながら年齢層が高い。目つきの悪い中年スキンヘッズや、クリエイター系のお仕事についておられそうな品の良いおっさんたち。若い頃はインディー好きだったのよー、みたいなミドルクラスのカップル。といった年寄りに混じって、バンドマン風の青年や、音楽オタク風のティーンがひとりで来ている。という感じ。

隣のガラの悪そうなおっさんたちが、上映前からがんがんビールを飲んでいるので、演奏シーンでラウドに歌い出したりしたら嫌だなあ。と不安に思った。が、いったん上映がはじまると、隣人たちは妙に静かになった。肘掛けから腕がはみ出すほどふんぞり返ってこちらに迷惑をかける、というようなこともない。大の男が、体を縮めて、直立不動で映画を見ているのだ。どうしたのだろう。と脇を見てみると、隣のおっさんは、冒頭から眼鏡の下に指を入れて涙を拭いていた。

これはシェーン・メドウズにしか撮れなかった。と思うのは、ウォリントン・パー・ホールに集まるファンたちのシーンだ。バンドのメンバーや著名な関係者ではなく、無名のファンの映像をこれほど長時間見せるロック・バンドのドキュメンタリーは前代未聞だろう。

バンド側が当日午後にいきなり発表した「ストーン・ローゼズが今日十六年ぶりのギグを行う。ホール前に集まれ。チケットは早い者勝ち」という告知を受け、ファンが続々と集まってくる様子をメドウズは丁寧に追う。ネクタイを締めたまま血相を変えて走って来るオフィス・ワーカー。学校に子どもを迎えに行ってその足で来たのだろう、制服姿の娘を引き連れたおやじ。汚れた格好で駆けてくる塗装業者。スーパーの買い物袋を下げて子連れで走ってくるお母さん。

「上司に『姑が心臓発作で倒れた』と言って早退してきた」、「ベビーシッターの手配とか、一瞬そういう考えが全部ぶち飛んだ」と、口々に庶民たちは語る。メドウズの映画に出て来そうな人々が大勢いる。世間的にはルーザーと呼ばれる、ヤバめの男女。社会的にサクセスしているらしい自信に溢れた人。不満を抱えながら底辺で働く労働者。ひとりひとりの顔や身なりや言葉から、彼らの人生が透けて見える。このウォリントンのシーンは、ここだけで一本の映画を見たようだ。伝説のバンドの再結成というのはよくある話だが、そのときのファンの心情を描いた映画はいまだかつて無かった。シェーン・メドウズは、それを撮ったのだ。タイトルを付けるなら『This Is England 2012』。ストーン・ローゼズのメンバーたちも、このウォリントンのシーンがいちばん気に入ってるという。

ツアーのリハーサルのシーンでは、カメラは各メンバーの顔だけを追う。リズム隊のマニとレニが顔を見合わせて笑う。イアンとレニがコーラスしながら頬を緩ませる。クールに職人然としてギターを弾いていたジョン・スクワイアが、曲の最後ににっこりと微笑む。

二十年近く前に派手に喧嘩別れした男たちが、再び笑い合っている。その絵が呼び起こすセンチメントは、セックス・ピストルズの再結成でメンバーたちが揃ってステージに立っている姿を見た時の感傷にも似ていた。隣のおっさん、いよいよ泣いてるんじゃないか。と思ってちらりと脇を見、わたしは度胆を抜かれた。

スキンヘッドの大男が、にやにや笑っていたからである。いい大人が、何を嬉しそうに、だらしなくにやにやしているのだろうか。

しかし、そのようなフィールグッドな映像もそう長くは続かない。彼らはストーン・ローゼズだからだ。アムステルダム公演で、アンコールを前にレニが先に帰ってしまい、「あのドラマーはCUNTだ」とステージで言い放つイアン。

そこでメドウズはいっさいの撮影を止める。並みの映画監督なら、もっとも撮りたいところだろう。バンド内紛の内幕はドキュメンタリーの見せ場になるからだ。しかし、メドウズはそれを撮らない。『This Is England 2012』にはそんなシーンは要らないと彼は決めたのだ。

「俺は撮影を停止して、イングランドに戻る」とメドウズは宣言する。そして暗転。隣の席のおっさんが、ごくり。とビールを飲む音がした。

場面は唐突にマンチェスターのヒートン・パークの凱旋コンサートに切り変わる。最後のシーンは、"Fools Gold"の演奏を最初から最後まで撮っただけの、シンプルな映像だ。ここまでは友人としての親密な視線（実際、メドウズはかなり前からメンバーと交友があり、イアンは『This Is England 86』にカメオ出演もしている）で撮ってきたメドウズが、最後には〝人生を変えられたバンド〟を見ているファンの目線に戻る。

それは圧巻の演奏映像だった。

勇姿。としか言いようのないストーン・ローゼズの姿。

メンバーたちはもはや笑っていない。再結成は単なる同窓会ではなかったのだ。各人がそれにははっきりと気づき始めた顔をしている。

「ヒートン・パークの"Fools Gold"は、インディーズがダンスに移行するエピックな瞬間だった」

と、メドウズはインタヴューで語っていた。が、それに付け加えるなら、驚くほどどっしりと骨太になったローゼズの、はっとするような新鮮なグルーヴがあの演奏にはあった。

メドウズは彼らの新曲を聴いたことはないと言っているが、本当にそうだろうか。と思う。彼には、登場人物たちの未来に繋がるヒントを残して映画を閉じる癖があるからだ。

館内が明るくなり、隣のおっさんたちが立ち上がった。もう泣いてもいなければ、にやにやしてもいない。新譜はいつだ。と言わんばかりの切羽詰った表情で誰もが出口へ向かっている。

いい大人が七面相みたいにくるくる表情を変えて、まったくバカなのかと思う。

だが、そんな気持ちにさせられるバンドのひとつやふたつ持ってない音楽ファンを、というか人間を、わたしは信じない。

（初出：web ele-king Jun 11, 2013）

炬燵の上の蜜柑というアンチテーゼ
──『すべすべの秘法』The Secret to My Silky Skin

監督・脚本・編集／今泉浩一
出演／馬嶋亮太、本名一成、きたがわひろ、藤丸ジン太、ほたる、村上なほ、伊藤清美、赤岩保元
原作／たかさきけいいち
撮影・スチール写真／田口弘樹　音楽・音響／PEixe-elétrico
制作／岩佐浩樹　製作／habakari-cinema+records（二〇一三年／カラー／七十七分／HDV／ステレオ／With English Subtitles）

「日本で現在、ゲイネスを作中に潜ませたエッセンスやくすぐりとしてでなく、ナラティヴを作り続けているのは、我田引水ながら自分らの他には思い当たりません」というのは、今泉監督とのパートナーシップで映画を作り続けておられる音楽担当の岩佐浩樹さんの言葉だ。彼らの作品は海外の映画祭を中心に上映されており、新作『す

べすべの秘法』（"The Secret to My Silky Skin"）のワールドプレミアも日本ではなく、二〇一三年ベルリン・ポルノ映画祭だった。

真正なるゲイ映画というのは、確かに現代の日本で市場が成立するのかは不明だし、発表の場もごくごく狭い箱の中になるのだろうが、例えば昨年。今泉監督がピンクのバナーを掲げて反韓デモにカウンターをかけに行っておられる写真を見た時には、勇ましげに中指を突き立てる人びとや、白地に黒文字のプラカを手にした人びとが並んだ新大久保の街に、ピンクのバナーがひっそりと、力強く存在しているイメージが頭に浮かび、彼らの映画も日本映画界のピンクのバナーだ。と思った。

『すべすべの秘法』はゲイ漫画家、たかさきけいいち原作のコミックの映画化だ。そのせいか、日本におけるカミングアウトや同性婚、「社会改革がリアリティになるのは、よその国の話よね」みたいな日本人の当事者意識の無さ、といったポリティカルな問題をやんわり微笑しながらナイフで斬ってみせた『初戀』とは違う。もっと王道のゲイ日常記というか、京都から東京のヤリ友（ファック・バディー）に会いに来たあるゲイの数日間をまったりと描いている。

今泉監督は一九九〇年からピンク映画の俳優としても活躍しておられ、二〇一三年ベルリン・ポルノ映画祭では、彼の過去の出演作品と『すべすべの秘法』の上映を合わせた特集プログラム「RETRO：KOICHI IMAIZUMI」が組まれた。ポルノ映画祭で上映されたからには、セックスシーンがばんばん出て来て描写が露骨なんだろう。と思ったが、実はセックスシーンは少ない。露骨。という点でも、そのものズバリを見せているという点ではそうだろうが、そういう派手な言葉は似合わない。にも拘わらず、今回の今泉作品でもっとも印象に残っているのは性描写である。なぜだろう。

ゲイ映画をストレート（とくに女子）が見る場合、「いったい男どうしが褥で何を、どうやって致しているの？」的な好奇心があるのは当然であり、BLとかやおいとかの存在もそこに無関係であろう筈がない。わからないもの、自分ではけっして経験で征服することができないものには人間はそそられるものだからだ。

が、そうした映像消費者のBL的期待や、それを満足させようとする市場の常識を打ち砕くかの如くに、『すべすべの秘法』の性描写は日常的で当たり前だ。

なんかこう、炬燵で蜜柑を食べているようなセックスシーンなのである。

が、一部のフェティッシュ好きの方々がプロに金を払って行うスペシャル・セッションでもない限り、人間が営んでいる性行為などというものはやはり炬燵で蜜柑を食べているようなものだ。生活の一部であるセックスで、いちいち大袈裟なエロスが毎回展開されることはない。それは性的指向がどうであれ、同じことだろう。

だのにゲイのセックス描写となると、何か特別なもののようにいやらしく美しく演出されたり、激しいもののように描かれがちなのは、それは作り手（&受け手）の意識にそれが「倒錯したもの」だという前提的感覚があるからではないか。

そこへいくと『すべすべの秘法』の性描写は見事なまでに倒錯感がない。ったく人間ってやつは、男女だろうと男男だろうとやることは同じなのねー。と微笑ましくさえなる。この日常的で健康的な性描写は、「倒錯したもの」という暗黙の了解の上に成り立つゲイの性描写へのアンチテーゼではないか。何かそこには、ピンクのバナーを掲げて新大久保の街角でヘイトデモへのカウンターを行う今泉監督の姿が透けて見える気がするのだ。

今日も勤務先の保育園で、子どもたちを相手に、「ダディとマミイがいる人、手をあげてー」「はーい」「じゃ、ダディとダディがいる人ー」「はーい」「マミイとマミイがいる人ー」「はーい」「うちのマミイは服を脱いでシャワーする時はダディになるから、どっちなのかわかんない」「うーん、そりゃ微妙だね」みたいな話をしたばかりだ。

わたしの住むブライトンは同性愛者が多い地域ではあるが、英国では、同性愛者の存在はもはや炬燵の上の蜜柑のようなものになりつつある。

日本もそのうち、ある日気がついたらそうなっている。『すべすべの秘法』の風呂場のラストシーンからはそんな声も聞こえたような気がする。

（初出：web ele-king Jan 27, 2014）

記憶と老いをめぐるドキュメンタリー映画
――『ニック・ケイヴ 20,000デイズ・オン・アース』

監督：イアン・フォーサイス／ジェーン・ポラード
脚本&音楽：ニック・ケイヴ
CAST：ニック・ケイヴ／ブリクサ・バーゲルト（アインシュテュルツェンデ・ノイバウテン）／レイ・ウィンストン／ウォーレン・エリス／カイリー・ミノーグ
二〇一四年／イギリス／九十七分／シネスコ／カラー／原題：20,000 Days On Earth／日本語字幕：ブレインウッズ／配給：トランスフォーマー
2014 Pulse Films Ltd./The British Film Institute/Channel Four Television Corporation.

本作はニック・ケイヴのフィクショナルなドキュメンタリーであると共に、わが街ブライトンのフィクショナルなドキュメンタリーでもある。

わたしは彼のように車を運転しないので、車を運転する人と道端を歩く人間とでは、

同じ街に住んでいても見ている風景がこんなに違うのかと驚いた。本作にはブライトンの「ストリート」の部分がまったく出て来ない。舗道に落ちた犬糞やビールの缶や酔っ払いの吐しゃ物が見えない。ドラッグとアナキストの街ブライトンが、緑色の田園風景と静かな海岸の街のように見えるのだ。

が、ひとつだけわたしが見ているブライトンと、本作中でニック・ケイヴが見ているブライトンに共通する点があった。それは雨である。

雨、雨、雨、雨、雨。この街にはいつも冷たい雨が降っている。たとえ晴れていても雨が降っている。だから道端を歩く人間はエンドレスで濡れそぼっている。車の中にいる人はそれを眺めているだけだとしても。

本作は、ニック・ケイヴが、ニック・ケイヴという名の、「いかにもニック・ケイヴらしい人」を演じているフィクションだ。しかし、ドキュメンタリー映像と呼ばれるものだって、作り手が自分でイメージする「いかにもそれらしい」誰かの姿を撮ったものだから、その点では同じだろう。で、面白いと思ったのは、最初から芝居として脚本を演じている同作のほうが、ドキュメンタリーとして撮られた作品よりも真実に近づく瞬間があるような気がしたことだ。

例えば、ニック・ケイヴが過去に繋がりのあった人々を自分の車に乗せて一対一で会話するシーンである。

後部座席に座っていたのは、なぜPVハーヴェイではなく、カイリー・ミノーグなのだろう。「僕がバッド・シーズを脱退した理由はね……」と助手席でバンド脱退の内幕について話しているのは、なぜミック・ハーヴェイではなく、ブリクサ・バーゲルトなのだろう。

映画に出演しているメンツより、彼の人生の中でずっと重要な役割を果たしたであろう人々の不在のほうが、よっぽど雄弁に何かを物語っている（ミック・ハーヴェイは大昔の写真の中で登場するのみだ）。

同じことはニックの妻にも言える。彼女と出会った瞬間について、ニックがやたら演劇的に語っている印象的なシーンがあるが、妻は若き日の写真でしか登場しない。生きて動く彼女のほうは、窓ガラスに映った人影として登場するだけだ（これもある意味、写真と言えるだろう）。

かろうじて彼の息子たちは出演しているが、なんかオカルト映画に出て来る子どもの幽霊のようで、これまた生きた子どもという気がしない。つまり、本作には、現実の彼にとって最も重要だろう人びとが、静物画のような存在でしか登場しないのだ。それは言葉や音楽や映像を通してニック・ケイヴという作品を作ることを職業にしてきた男の手の内を見るようでもある。

現実の自分とフィクショナルなニック・ケイヴを厳格に区別するストイシズムによって、彼は欧州ロック・インディー界の聖域になった。強烈な若き才能が群雄割拠したUKポストパンク時代に、オーストラリアから出て来たセカンド・リーグ・バンド的位置づけだったバースデイ・パーティーのニック・ケイヴが現在の地位を築くなどと誰が想像しただろう。

彼をポストパンクの生き残りレジェンドにしたのは才能でもカリスマでもない。もはやダンディズムといってもよいほどのストイシズムだ。

「あなたが一番恐れているのは何ですか？」

本作中で心理学者に聞かれたフィクショナルなニック・ケイヴは、こう答える。

「記憶を失うことだ」

ゴダールの『ワン・プラス・ワン』を髣髴とさせる作風の映画の中では、心理学者とニックの会話もいかにも思わせぶりで、「記憶を失うこと」という言葉も詩的に響く。

が、わたしにはそれがやけにリアルに聴こえた。この台詞を口にした五十七歳のニックにもその感覚はあったはずだ。

彼は記憶を失うことを恐れる理由についてこう語る。

「これまでやってきたことを続け、自分で納得できるレベルに達せなくなる時が来るのではないか。その思いが僕を不安にさせる。なぜなら、記憶こそが僕自身であり、僕たちの魂や生存の意味は、すべて記憶に結びついているからだ」

数年前から、わたしもふとした瞬間に自分がいま何をしていたのか忘れることがある。年を追うごとにそういう瞬間が増えてきた。聞いた話によれば、これは瞬間的に認知症が訪れている状態だそうで、老いるということは、その瞬間が次第に時間になり、期間になり、やがて恒常に近い状態になることだという。

いいことも、悪いことも、美しいことも、醜悪なことも、わたしが生きて見てきたことをすべて覚えているのはわたしだけだ。記憶こそがわたしなのであり、わたしは記憶に基づいて物事を考え、判断し、言葉を使って定義する。生きるということはそのエンドレスな連続作業だ。が、記憶が減少するということは、やがてわたしがその作業をできなくなる日が来ることだ。

あとどのくらい残されているのだろう。

市井の保育士でさえそんなことを考えてしまうのだ。ニック・ケイヴのような人になればこの暗い予感はどれほどのものだろう。

ラストシーンのニックはブライトンの浜辺に立っていた。

そこはわたしの職場の近くで、夏場にはランチ休憩に一人で座ってサンドウィッチを食っている場所なので、こんなに劇的に見えるものなのかと笑った。

その浜辺に仁王立ちしているニック・ケイヴからカメラは徐々に遠ざかり、やがて彼は風景の一部となって誰なのか判然としなくなり、最後には見えなくなる。

記憶とは、自我である。

だが人間は徐々にそれを失い、そこから引き離され、やがて誰だかわからない存在になって消える。

この映画を見てから、『Push The Sky Away』は拍子抜けするほどストレートな老いの音楽ではなかったかと思うようになった。

そして死んだと言われて久しいロックを蘇らせるのは、実はそれを牽引してきた人々でしかないのではないかという気さえしてきた。

自由だの革命だのといった俳句の季語みたいになったロックのテーマではなく、「老い」という誰もに平等に訪れるリアルから目を逸らさない姿勢こそが、現代の真のロックではないかと思えてきたからだ。最近のニック・ケイヴやデヴィッド・ボウイを見ていると、そんなことを思索してしまう。

（初出：web ele-king Jan 14, 2015）

ノーザン・ソウルとライオット・クラブ

昨年『ノーザン・ソウル』という映画が公開された。この映画でわたしが一番ウケたのは、リアルなノーザン・ソウル・ファッションである。どうも日本でノーザン・ソウルというと、どちらかと言えばスウィンギング・ロンドンやモッズ系の格好をした人びとのイメージがあったのだが、この国に住むようになって「ノーザン・ソウル同窓会」みたいな催しに行った時、わたしは度胆を抜かれた。

おっさんたちが履いているあのフレアと呼ぶにはあまりにも幅広のズボンは、ありゃ何だっけ、ほら中学校でヤンキーが履いてたやつ。あ、ボンタン？　いやボンタンは裾が締まってたし、そうじゃなくてなんだっけほら、ああドカンだ、ドカン。しかもよく見れば青いドカンに白エナメルのベルトを締めた人なんかもいるし、上半身はランニング一丁でその上からサスペンダーでドカンを吊ってたりして髪型さえ違ったらこれはまるで……。と訝っていたら、おばはんたちは裾が床につきそうなフレアースカートでくるくる回っていて、これもまさに昔のヤンキーの姉ちゃんたちの制服のスカート丈である。なんのこたあない。ノーザン・ソウラーズは七〇年代の日本のヤンキーだった。そしてそのファッションを忠実に再現していたのが『ノーザン・ソウル』である。

またこのＵＫ版ヤンキーたちの集団ダンスシーンの野太さというかマッチョさが圧巻でブリリアントなのだが、どうやら日本ではヤンキー文化は反知性主義などと言われているらしく、その文脈で言えば『ノーザン・ソウル』なんかはもう反知性主義大爆発である。

五月七日の投票日を控え、ＵＫ総選挙戦がたいそうおもしろい。アナキー・イン・ザ・ＵＫとはこのことかと思うほどのカオスである。二大政党だった保守党と労働党はどちらも不人気でマジョリティーを取れそうになく、右翼政党ＵＫＩＰが台頭していたかと思えば、その勢いをスコットランドのＳＮＰが奪った。スコットランド独立投票で敗《ま》けたこの政党のシュールなまでの大躍進と、現代にあっては「極左」と呼ばれてしまうスタンスが、保守派からは危険視され、左派の心を躍らせている。それはまるでＵＫＩＰが出現したときの逆ヴァージョンのようだ。下層の人びとが右から左にまたジャンプしはじめている。

うちの近所でもその現象は見られる。もともとブライトンはアナキストやエコ系の人が多いので以前からみどりの党が強い。が、みどりの党の支持者といえばミドルクラスのインテリと相場は決まっていたのに、今年は貧民街の家の窓にもみどりの党のステッカーが貼ってある。「スコットランドのSNPの候補者がブライトンにいればSNPに投票するけど、いないからSNPと協力体制を組んでいるみどりの党に入れる」と言っている人がわたしの周囲にも多いのだ。

この右からいきなり左に飛んでしまう軽さは識者に「小政党のつまみ食い」とか「危険な衆愚政治」とか言われる。彼らはこれを政治危機と呼び、「英国だけじゃない。欧州の有権者は長期的な目線でしっかり物を考えて大政党に投票しなくなった」と嘆く。

が、大政党は何年も前から下層を存在しないものとして国を回している。はなから相手にされてない層の人たちが大政党のマニフェストを聞いていったい何を長期的に考えろというのだろう。

昨年（二〇一四年）、『ノーザン・ソウル』とほぼ同時期に公開されたのが『ライオット・クラブ』だ。こちらは前者とは正反対の特権階級のポッシュな青年たちを描いた作品だ。オックスフォード大学でも両手で数えるほどのトップエリートしか入れない架空のクラブが、田舎のパブでChavも真っ青の反社会的行為を行う話なのだが、これはオックスフォードに実際に存在しているブリンドン・クラブをモデルにしている。実際このクラブにはあの映画の若者たちのように正装してレストランでディナーし、その後で店舗を破壊して店主に金を握らせる伝統があるそうだ。クラブ出身者の若者たちが政界に入り、国を支配する立場になるのも映画と同じである。ブリンドン・クラブの元メンバーには英国首相デヴィッド・キャメロンやロンドン市長ボリス・ジョンソンがいる（彼らは同期）。

ある日本のサイトを読んでいたら、「愛」、「夢」、「友情」、「仲間」などはヤンキー用語であり、よって反知性主義の言葉でもあると書かれていた。なるほど『ノーザン・ソウル』にもたしかにこのヤンキー概念はすべてあった。が、『ライオット・クラブ』ではこれらの概念は片っ端から否定されている。代わりにポッシュな青年たちが叫んでいる言葉は「レジェンド（伝説）」と「パワー（権力）」である。「愛」や「夢」を下層のコンセプトと否定し、「伝統」と「権力」を奉ずる青年たちは、自分たちが借り切ったパブの（店主と従業員が一生懸命に装飾した）一室をゲラゲラ笑いながら破壊し、庶民階級の女学生を呼び出して「三年分の学費を払ってやるから俺たち十人に口淫しろ」と言い、「もう金はいらないから出て行ってくれ」というパブの店主に暴行を加える。で、その店主が瀕死の状態になるので警察沙汰になるのだが、「出て行け」と言った店主にクラブのメンバーが札束をちらつかせながら言う台詞が印象的だ。「君たちは僕たちを嫌いだと言う。でも、君たちは本当は僕たちが大好きなんだよ」

だがパブの店主はふふんと笑い「あんたたちはそこら辺でストリートを破壊しているガキどもと何の変わりもないじゃないか」と言うものだから死ぬ寸前までボコられるという、はっきり言って胸糞の悪い映画だ。この映画は選挙前の年に公開されたアンチ保守党プロパガンダ映画として物議を醸した。

いま「英国の政界で最も危険な女」と呼ばれているスコットランドのSNPの女性党首は、「希望の政治」と「オルタナティヴな政治」という言葉をよく使う。ホープ。なんてのもまたいかにもヤンキーな響きだし、オルタナティヴという言葉だってけっこうヤバい。引用文献や歴史的&数字的裏付け等々の証拠を見せてから代替案を説明することもなく、大雑把に「オルタナティヴ」なんて言葉を投げるのはいかにも反知性的ではないか。「知識」より「感じ」を重んじるのはヤンキーの専売特許だ。

こう書いてくるとロックなんてのもまた相当ヤンキーであり、「転がる石のように生きる」なんつうのも何の石がどの角度の傾斜で転がり、どの水準におけるライフを生きるのかグラフ化して解説しない点でフィーリング本位だし、「僕はドリーマーかもしれない。でも国なんてないとイマジンすれば僕たちは一つになれる」に至ってはもう「夢」とか「一つになろう」とかヤンキー言葉の連発だ。

かくしてロックは単なるバカと見なされ衰退し、伝統という名の世襲のものや、権力、財力といった計測可能な目に見えるものだけが世間で幅を利かすようになり、社会を牛耳ることになる。ロックというヤンキーが没落すると共に、息苦しいほど社会に流動性がなくなったのは偶然のことなのだろうか。

『ライオット・クラブ』では特権階級の青年たちが「あいつらは上向きの流動性のことばかりバカの一つ覚えのように語っている」と言ってゲラゲラ笑っていた。

一方、『ノーザン・ソウル』ではランカシャーの工場に勤める労働者階級の青年たちが下から上に向かって拳を突き上げながら力強く踊っている。

下側にいる人間が拳を上に突き上げられない時、その拳はどこに向かうのだろう。行き場のない拳はさらに下方に振り下ろされたり、横にいる人びとの中でちょっと毛色が違う者に向かうことになる。

が、そんな鬱屈しきった救いのない社会で「希望」や「オルタナティヴ」といった言葉を恥ずかしげもなく口にし、本当に拳を向けるべき方向を指す者がいれば時代の空気は豹変する。ということを示しているのがいまのUKのムードではないだろうか。

とはいえ、社会は下層だけで構成されているわけではないから、今度の選挙でも再び『ノーザン・ソウル』は『ライオット・クラブ』に負ける可能性もある。「反緊縮だの核兵器撤廃だの一昔前のロック・ミュージシャンのようなことを言っている。そんなことをすれば財政は崩壊するし、自国の防衛もできなくなる」大政党のSNPに対する批判もワンパターンの様相を呈してきた。が、では現代の知性というやつは要するに喧嘩に強くなることと金勘定に長けることを意味するのかと思えばそれはそれでまたずいぶんと反知性主義的である。少なくとも貧困に落ちる家庭の数を増やし、飢えて汚れた子どもたちをストリートに放置している為政者たちのエモーショナル・インテリジェンスの低さは、ヤンキーに劣りこそすれ勝るものではない。

（初出：web ele-king Apr 30, 2015）

This Is England 2015

『The Stone Roses：Made of Stone』日本公開用パンフのためにシェーン・メドウズにインタヴューしたとき、「わたしは『This Is England』シリーズの大ファンです。『This Is England 90』はどうなってるんですか」などという素人くさい質問をぶつけてしまったことが含羞のトラウマとなり、『This Is England 90』には複雑な想いがあった。が、あれから早くも二年の月日が流れ、わたしは自宅の居間でイカの燻製を食いながら当該作を見ていた。

『This Is England 90』は、チャンネル4で四回終了（最終回だけ長編の一時間半）のドラマとして放送された。ストーリー展開は『This Is England 86』に似ている。サブカル色濃厚、時代ジョーク満載の一回目で視聴者を大笑いさせつつノスタルジックな気持ちにさせ、二回目までそれを引っ張り、三回目でいきなりダークな方向へ走りはじめて、四回目はずっしりヘヴィ。という、メドウズ進行の王道だ。

わたしが前述の質問をしたとき、メドウズは「九〇年は俺のストーン・ローゼズへの愛が最高潮に達していた年だったから、そうしたことが何らかの形で『This Is England 90』にも出て来る」と答えたが、たしかにローゼズは主人公たちの物語の壁紙として梶井基次郎の檸檬のように黄色いアシッドな光を放っている（ウディが『Fool's Gold』のイントロを歌うシーンは今シリーズのハイライトだ）。

『This Is England 88』の最後で復縁したウディとロルの間には二人目の子どもが生まれているし（一人目はウディの子どもではなく、ミルキーの子どもだった）、ロルや妹のケリー、友人のトレヴは給食のおばちゃんとして働いていて、専業主夫になったウディやミルキー、カレッジをやめたショーンらのために子どもたちの給食を職場からくすねているという、相変わらず底辺っぷりの著しい元ギャングたちの姿で本シリーズははじまる。

一九九〇年はマーガレット・サッチャーが首相官邸を去った年だ。

それはわたしがけしからんフーテンの東洋人の姉ちゃんとしてロンドンで遊んでいた年でもあり、周囲にいた（やはりけしからん）若者たちが、サッチャーが官邸を去る日の模様をテレビ中継で眺めながら、「私はこの官邸に入った時よりもこの国を明らかに良い状態にして去ることができることに大きな喜びを感じています」というスピーチを聞いて、「私はこの国を無職のアル中とジャンキーの国にして去ることができることに大きな喜びを感じています。おほほほほほほ」とおちょくっていたことをよく覚えているので、メドウズがあの時のサッチャーの映像を『This Is England 90』の冒頭に持ってきた理由はよくわかる。

「サッチャーを倒せ」「サッチャーはやめろ」と日本の現在の首相ばりに嫌われていたサッチャーは90年に退任した。ほなら労働者階級の若者たちも幸福になればいいじゃないか。が、彼らは全然ハッピーにならない。むしろ、不幸はより深く、ダークに進行して行く。

ロルの妹のケリーは、ドラッグに嵌って野外パーティで輪姦される。さらに父親を殺したのは本当は姉のロルだったと知って家出し、ヘロインに手を出してジャンキー男たちのドラッグ窟に寝泊まりするようになる。

一方、ロルの父親殺害の罪を被って刑務所に入っていたコンボの出所が間近に迫り、ロルとウディが彼の身柄を引き取るつもりだと知って、ミルキーは激怒する。黒人の彼には右翼思想に走っていた白人のコンボに暴行されて死にかけた過去があるからだ。「レイシストと俺の黒人の娘を一緒に暮らさせるわけにはいかない」と憤然と言うミルキーに、「お前だって俺の最愛の女を妊娠させたじゃないか。出産に立ち会ってたらお前の（黒人の）赤ん坊が出て来たんだぞ。それでも俺はお前を許したじゃないか。コンボを許せ」とウディは言うが、ミルキーの気持ちは変わらない。

コンボは刑務所でキリスト教の信仰に目覚め、改心して子羊のような人間に生まれ変わっている。しかしミルキーは出所してきた彼に大変なことをしてしまう。

というストーリーの本作は、一作目の映画版に話が回帰する形で終了する。一方でロルとウディがついに結婚するというおめでたい大団円もあり、ミルキーがコンボに復讐するというのも大団円っちゃあ大団円だが、こちらは真っ暗で後味が悪い。

結婚式の披露宴にはケリーも戻って来て、みんなが幸福そうに酔って踊っている姿と、ひとり別室でむせび泣いているミルキーの姿とのコントラストで最終回は終わる。ふたつの全く異質な大団円を描いて終わったようなものだ。なんとなくそれはふたつの異なる中心点を起点にして描いた楕円形のようでもあり、おお。またこれは花田清輝的な。と思った。

それはサッチャーがいなくなっても幸福な国にはならなかった英国を体現するようで辛辣だが、同時にそれでもそこで生きてゆく人びとを見つめる温かいまなざしでもある。

以前、うちの息子の親友の家に行ったときのことである。

うちの息子の親友はアフリカ系黒人少年であり、その父親は「黒人の恵比須さんみたいな顔で笑うユースワーカー」としてわたしのブログに以前から登場しており、拙著『ザ・レフト』のコートニー・パイン編のインスピレーションにもなった。

彼には四人の息子がおり、長男はもうティーンエイジャーなのだが、うちの息子を彼らの家に迎えに行った折、長男の友人たちが遊びに来ていた。で、十代の黒人少年たちはソファに座ってゲームに興じていたわけだが、恵比須さんの長男がこんなことを言っていた。

「いやあいつはバカっしょ。しかも赤毛。しかもレイシスト。粋がって『ニガー』とか言いやがるから、俺は言ってやったね。『ふん。女も知らねえくせに。ファッキン不細工なファッキン童貞野郎』って」

「おー、言ったれ、言ったれ」みたいな感じで二人の友人は笑っている。

と、エプロン姿でパンを焼いていた恵比須顔の父ちゃんが、いきおい長男の方に近づいて行って、ばしこーんと後ろ頭を叩いた。

「痛えー、何すんだよー」

と抗議する長男にエプロン姿の恵比須は言った。

「どうしてそんなファッキンばかたれなことを言ったんだ」

「だってあいつファッキン・レイシストなんだよ」

「そういうことを言ってはいけない」

「ふん、あんなアホにはヒューマンライツは適用されない。あいつは最低の糞野郎だ」

「俺はPCの問題を言ってるんじゃない。レイシストに同情しろなんて言ってないし、糞野郎は糞野郎だ」

血気盛んな十代の黒人少年たちの前に仁王立ちしたブラック恵比須は言った。

「だが、俺たちの主張を正当にするために、俺たちはそんなことを言ってはいけないのだ」

きっと彼は黒人のユースワーカーとして何人もの黒人のティーンにそう言って来たんだろう。ロンドン暴動の発端となったトテナムで長く働いたという彼の言葉にはベテランの重みがあった。少年たちはおとなしく食卓について父ちゃんが焼いたコーンブレッドを食べ始めた。

わたしと息子もタッパーにコーンブレッドを詰めてもらって持って帰った。ブラック恵比須は竿と鯛を持たせたくなるぐらいにこにこしてエプロン姿で手を振っていた。

元右翼のコンボが黒人のミルキーの指図で殺されたことを暗示するような『This Is England 90』のラストシーンを見ながら、ブラック恵比須とミルキーは同じぐらいの年齢だと思った。

一九九〇年はもう四半世紀も前になったのだ。児童への性的虐待や近親相姦や殺人やレイプやドラッグ依存症は、まあ人間が生きてりゃそういうこともあるさー、お前らがんばれよ。と登場人物たちに乗り越えさせているメドウズが、レイシズムだけはそう簡単に乗り越えられない業の深いものとして最後に浮き立たせている。

この認識を持って、この諦念に立脚して、それでもこの国の人たちはレイシズムに向き合ってきた。というか、向き合うことを余儀なくされてきたのだ。これは四半世紀経ったいま、移民・難民の問題として再び浮上している。

ここに来て本作を見る者は、これは二〇一五年のイングランドの話だと気づくのである。

（初出：web ele-king Oct 08, 2015）

書評
明日はどっちだ？　こっちこっち。

松本哉『世界マヌケ反乱の手引書――ふざけた場所の作り方』（筑摩書房）

思えば、あれは六年前。当時、ユリシーズという音楽誌があり、そこの編集者さんから原稿依頼のメールをいただいたとき、彼女はこう書いていたのだった。

「ブログの文章を拝読し、『素人の乱』みたいだと思いました」

あの頃わたしは日本で起きていることなどまるで追っておらず、首相の名前すら知らなかったぐらい（またよく変わってたんだ）で、好き勝手に英国で見聞きすることをブログで書いていただけだったから、「『素人の乱』って何？」と思った。

で、彼らの情報をネット検索して思ったのは、ひゃあー、なんか英国的。ということだった。「素人の乱」は松本哉《はじめ》さんたちのやっているリサイクルショップの名前だ。

松本さんは大学生時代に「法政大学の貧乏くささを守る会」で「鍋闘争」だの「くさや闘争」だの、はなから人をなめたような闘争をやっていた。そして二〇〇五年からは、「素人の乱」界隈の人々がマヌケなデモを行っている。まるでモンティパイソンみたいじゃないか。「鍋」とか「くさや」とかは英国にはないでしょ、だからパイソンなわけがない。ダッせえ。とかおっしゃる輩は、横文字で書かれたものはすべてクールかと思って、一見すると異文化のように見えるカルチャーの根底を流れる万国共通のスピリットというやつが摑めない、そっちこそダッせえ方々ではありませんか。

だから今年はじめに本の取材で東京に滞在したときも、「素人の乱が勢いを失ったのはダサかったから。昨今の日本の運動はそうしたものを排除しようとしている」と言われたときには、わたしも大人なので温厚ににっこり微笑んではいたものの、貴様らはユーモアと貧乏というクールさの源泉が理解できないプラスティックな資本主義のしもべになりやがってと内心はらわたが沸騰していた。そんなわけで東京取材の最後の晩に松本哉さんに会う所存だったが、会えなかったということは音楽ライターで松本さんの友人の二木信《ふたつぎしん》さんがご存じである。

さて、その松本さんが書いた『世界マヌケ反乱の手引書』は、大バカな仲間の集め方とか、バカステーションの作り方とか、やたらとバカバカ言っているのだけれども、このバカというのは英語にすれば「shrewd」。もっとわかりやすい言葉にすれば「ストリートワイズ」ということが読んでるうちにわかってくる。で、山手線大宴会作戦だの、新宿でハンモックだの、大笑いさせられながらふと気づくと赤ペンで線を引いていたりするのであり、哲学書として読むのもいいと思う。時代は玉虫色から始まるなどは珠玉の金言である。

わたしなんかも今年はバカの一つ覚えで「グラスルーツ」と言い続け、こないだ出た本の主題なんかもそれだったんだけど、そしたら松本さんもこの本の中で、(全共闘世代との付き合い方で爆笑させてくれた後に) こっそりこんなことを書いていた。

「あ、あと当時はすぐでかい物を狙いにいく傾向があったけど、特に今の時代、小さな謎のスペースを無数に作っていく方がいいと思う。潰れても潰れてもどんどん新しいバカセンターができて、全国津々浦々、いったいどこにどんな場所があるかわからなくなるぐらい増えたら最高に面白いし、実はそれが一番強い」

これこそグラスルーツの定義である。

だいたい昨今の我が朝では (もう「我が」ではないが)、社会を変えるには「デモ」か「テロ」か、みたいなことをシリアスな陰影の入った顔で言う人々が多い。が、第三の道はそこらへんに転がっている。しかもこれ、実はわたしの住んでいる国では左派と呼ばれる人たちが最近さかんに口にしていることであり、特にジェフ・マルガンという識者なんかは、「プラカードを振って誰かに何かをしろというのではなく、身近なところでお前がまずやってみろ」と言っていて、「全国津々浦々のコミュニティーに根を張ったグラスルーツがばーんと一気につながった時には無敵。本来こうした草の根は左派の得意技だったはずなのに、すっかり右派にお株を奪われてないかい」と言っている。素人のくせに半径五m内での実践を忘れてすぐでかい物を狙いにいくから、いつの間にか右翼のグラスルーツが地道にびっしり広がっていたのを見て「うわあ」とびっくりすることになるんだよと。

しかも松本さんのグラスルーツ構想がさらに面白いのは、全国津々浦々のレベルではなく、アジア津々浦々の根っこを繋げることを志向している点で、これなどは日本のレイシズムの特徴を鑑みると非常にアグレッシヴな動きだし、アジア言語は俺らが思っているより似ているから、交流が進んで誰か頭のいいやつがうまくまとめたら、アジアでもエスペラント語みたいな共通語がすぐできるはず、なんて提言にはつい下側の未来を感じてしまう。

また、「バカ」と同じぐらいたくさんこの本に出てくる「マヌケ」という言葉については、「あまり壮大なスケールの理想社会なんか実現したらたいていつまらないことになるので、世の中の隙を見て勝手なマヌケ社会を作るのがいい」と最終頁でご本人が種明かしされているように、マヌケとは漢字で「間抜け」と書く。

「デモ」か「テロ」かの息苦しい正義や、「働け、働け、死んでも働け」の資本ファースト主義や、おおらかさを失ったデフレ精神に因るみみっちい足の引っ張り合いで生きづらくなった社会の隙間から抜け出す。間が抜けてるんじゃなくて、間を抜けるのだ。せせこましい時代だからと言って自分まで緊縮してからだをすぼめて削減せず、隙間を見つけてつるっと抜け出せ。明日はどっちだ、だって？　こっちこっち。

アナキズム保育園こうもり組主任保育士　ブレイディみかこ

（初出：web ele-king Nov 07, 2016）

アルバム評

馬とハチ公

Patti Smith "Banga"（Columbia／ソニー）

パティ・スミスが『Banga（バンガ）』収録曲の解説をしているヴィデオを見ていると、アート系企業とか、ちょっとエッジーな建築事務所とか、そういう組織の女性幹部がクライアント企業の重役にプレゼンしている映像を見ているような錯覚に陥ってしまう。

映像中のこの女性幹部の説得力は相当なものだ。プレゼンのベテランであるのは間違いない。しかも、業界の酸いも甘いも知った上で、自らの組織の染みも汚れも知り抜いた上で、それでもまだ自分の仕事を愛しているような感じが伝わる。企業の創設者のひとりなのかもしれない。「汚らしい倉庫にね、寝袋持ち込んでスクワッターみたいに泊まり込んで、そうやってはじめた会社だったの。もう三十年以上も前の話だけど」と、ワイン片手に微笑しながら部下に話したりすることもあるかもしれない。

思えば、このパンク界の女性幹部のプレゼン力は、経験によって洗練されたとは言え、昔から確実にそこにあったのだ。articulate（明瞭に伝える）。という言葉があるが、わたしにとってパティ・スミスの魅力は常にそれであった。エモーショナルなポエトリーを叩きつけて来るイメージの一方で、彼女が感情に流されて聞き取り不明の言葉を吐くことはなかった。詩人にしてはロジカルで articulate で、説得上手だった。女性幹部の座まで駆け上れたのも、その能力があったからだろう。

エイミー・ワインハウスの死や日本の震災といった時事ネタ的な楽曲のモチーフからは、子どもたちを育て上げ、夫も亡くしたパティが、ひとりで居間のソファに座ってCNNを見ている姿が浮かんで来る。寂しい。という時期はとっくに過ぎ、満たされて、幸福なのだろう。それは、加齢とともに、優しく深く澄んで来た彼女の声を聴いているとわかる。

ひとりでぼんやりCNNを見たり、感動した本や映画や友人たちのことを考えてみたり、旅先で撮った写真を見ながら空想に耽ったりしつつ書いたポエトリーに、昔から大好きなバンド風の音をつけて、家の近所のスタジオで歌ってみたの。というアルバムは、まるで自宅の居間の延長である。が、「俺はベッドから革命をはじめる」と歌ったバンドがいたようにロックに自宅性はつきものだし、そう言えば、英国には好きなバンドや映画、友人などの写真を集めた〝マイ・フェイヴァリッツ〟のコラージュを作って部屋に飾っている女の子がよくいるが、『Horses（ホーセス）』がそうだったように、『Banga』もパティ・スミスのコラージュなのだろう。で、女がそのコラージュをもっとも綺麗に作成できるのは、まだ男や子どもに振り回されずに済む時期か、それら全てが終了してひとりになる時期か、のどちらかなのかもしれない。ゴダールの映画に出演したり、本を書いたり、TVドラマに出たりする合間に、タルコフスキーや『ハンガー・ゲーム』、マリア・シュナイダーなどの写真を切り取って、彼女はせっせとコラージュを作っていたのである。

ところで、そのコラージュに付けられた『Banga』というタイトルは、ロシアの作家の本に出て来る犬の名前だそうで、この犬の飼い主は、キリストを殺した男として有名なローマ総督ピラトだという。小説中のピラトは、キリストを死なせてしまった罪の許しを二千年間待ち続ける設定になっているそうで、Bangaという犬も、飼い主の傍らに二千年間辛抱強く寄り添い続けるという。

要するに、忠犬ハチ公みたいなタイトルではないか。『Horses』で自由奔放でしなやかな荒馬のように登場したパティも、ついに老年は忠犬ハチ公に落ち着いたか。と思いながら何十年ぶりかで『Horses』を聴いてみると、一発目の彼女の肉声がこう言っていた。

Jesus died for somebody's sins but not mine.

偶然にしてはできすぎだろう。

が、そう言い切ることもできないのは、どうもパティ・スミスという詩人は、いろんな局面でこういう辻褄が宿命的に合ってしまう人のような気がするからだ。

いずれにしろ、馬とハチ公は呼応するアルバムのようだ。もう何十年も『Horses』なんか聴いてない。という中年の方々には、併せて聴くことを強くお勧めしたい。

（初出：web ele-king Sep 12, 2012）

猥雑な音の交尾臭

alt-J "An Awesome Wave"（Infectious／ホステス）

二〇一二年の英国の夏は肌寒かったので、上着が手離せなかった。

思えば、むかしの英国はあんな感じだった。八〇年代にロンドンに住んでいた頃は、八月でもクラブに行くのにコートを着ていた覚えがある。しかし、地球の温暖化というのは本当なのか、近年は三十度近くまで気温が上がっていたので、寒い英国の夏のことをすっかり忘れていた。

そんな按配だったので、今年は海辺のリゾート地ブライトンも盛り上がらなかった。その侘しい夏のテーマ曲であったかのように、地元民がまったりとふきだまっているバーやカフェでかかりまくっていたのが、alt-J（アルト・ジェイ）のデビュー・アルバムだった。

いやらしい音楽だな。と、聴いた瞬間に思った。

加えて、それは今年の夏に妙にしっくり来るサウンドであった。が、それは気温の低い夏に似合う、というより、英国の夏が寒かった時代を思い出させる音なんじゃないか。とも思った。そしてそれはいったい何故なんだろうと考えていた。

エレクトロニカ、インディ・ロック、ダブステップ、モダン・フォーク、トリップ・ホップ、ギター・ポップなど、こちらのメディアが書いた彼らのレヴューを読むと、いずれも音楽のジャンルを称する言葉の羅列だ。最終的にはフォーク・ステップという言葉に落ち着いたようだが、要するに、彼らの音楽は純雑種（そんな言葉があるとすれば）なのである。個人的には、エレクトロニカとギター・バンドが完璧な配合で結婚した音楽に聞こえるが、わたしが前述の「いやらしさ」を感じてしまうというのも、やはりこの結婚とか雑種とかいう、子作りを連想させる異種交合の匂いに起因するのかもしれない。

彼らの音楽は「シネマティック」と評されることも多く、それぞれの曲に映画や書物、特定の人間、何らかの感情などのテーマが存在するそうで、文化系おタク青年らしく本人たちが進んで種明かしをしている。映画『レオン』に触発されたという曲には主人公の女の子の名前〝Matilda〟がそのままタイトルになっているし、〝Breeze-blocks〟は、モーリス・センダックの絵本「かいじゅうたちのいるところ」に基づいているという。〝Fitspleasure〟は、ヒューバート・セルビーJrの著書〝Last Exit To Brooklyn〟(邦題『ブルックリン最終出口』)がネタになっているらしい。

しかし。どんなに文化的・芸術的背景を解説されても、彼らのサウンドから漂う性的な匂いは消えない。だいたい、絵本をヒントにしたという〝Breezeblocks〟にしろ、おもちゃのピアノの音なんか使ってみたところで楽曲そのものがいやらしくてしょうがないし(そもそも、「かいじゅうたちのいるところ」は、少年が夜の航海に出て大人になって帰ってくるというセックスを髣髴とさせる話ではないか)、〝Tessellate〟に至っては、暇を持て余したしょぼい大学生にしか見えない青年たちにどうしてこんな音楽が作れるのかと思うほど色っぽい。ギークの性のほむら。というやつをわたしは見くびっていたのだろうか。

ところで、日本には草食系という言葉があるそうだが、英国では、草食化が進んだのは一般の男性ではなく、ロック界だったように思う。

「レディオヘッドとコールド・プレイの音楽はソウルレスだ」と言ったのはジョン・ライドンだが、このツートップとも言える巨頭バンドを系譜の始祖として、UKロックはクリーン・カットのインテリ君かメロディアスな泣き虫君かに大別されるようになった。alt-Jなんかも、一見すればインテリ君そのものだし、実際、彼らをレディオヘッドと比較する評論家もいる。が、彼らの場合、そこに収めてしまうにはサウンドがあまりに不純すぎる。

二〇一二年ベスト・アルバム特集号で彼らを五位に選んだ『NME』が、選評で「smart, sexy, baby-making music」と書いていたので、そう感じていたのはわたしだけじゃなかったのね。と思って笑ったが、しかし、実はこのbaby-makingという言葉は本質をぐっさりと突き刺しているかもしれない。

異なるジャンルの音楽を次々と交尾させて全く新たな音楽（というベイビー）を作り出す。

という手法は、ポスト・パンクの代表的音楽製造メソッドだった。それはとてもエキサイティングでリスキーで不埒なほど多様で、それ故とてもセクシーな音楽の時代だった。alt-Jの1stは、サウンドこそ剥離しているものの、あの時代のバンドが発散していた猥雑な音の交尾臭を感じさせる。

まるで八〇年代のように寒かった今年の夏、英国でalt-Jがブレイクしたというのは偶然ではなかったかもしれない。

二〇一二年のUKはパンク前夜のようだったが、もはやこの国の大衆音楽シーンは打ち壊すものなど何もないほど崩壊しているので、来年はいきなりポスト・パンクな年になる可能性もある。

alt-Jの『An Awesome Wave（アン・オーサム・ウェイヴ）』は、そのブリリアントな予兆だったのかもしれない。

（初出：web ele-king Dec 07, 2012）

「不安」は危険な領域

Scott Walker "Bish Bosch"（4AD／ホステス）

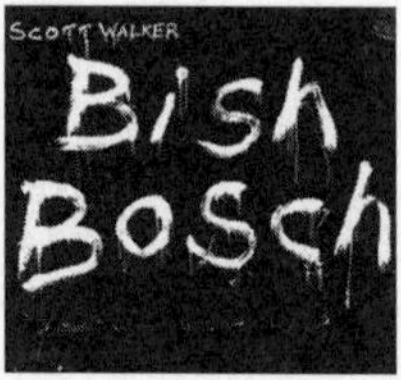

スコット・ウォーカーは、コード（和音）とディスコード（不協和音）の間にあるサウンドに執着している人だという。刃物を研ぐ音だの、食肉をパンチしている音だのを音源としながら、和音と不協和音の間のもやもやとしたところを彷徨っているというのだから、それはある種の覚悟がなければ聴ける音楽ではない。和音＝安心。不協和音＝恐怖。と定義すれば、その間にあるものは、不安。だろう。フィジカルに言えば、痛いのはわりと耐えられるが、痒いのは耐え難いというのと同じで、精神的には不安が一番やばい。これに比べれば、恐怖はポップである。メンタルヘルス上でも、一番良くないのは「unstable（不安定）」な状態らしい。

音楽を生業とする人ならいいだろうが、地べたで労働している人間は、そんなところに連れて行かれる音楽はあまり聴きたくない。だから、スコット・ウォーカーは

「過去の人」と呼ばれるようになった。が、リスナーをそんなところまで連れて行ける音楽家は稀有なため、彼はその道のプロたちのアイコンになる。錚々たる顔ぶれのUKアーティストが彼を絶賛するドキュメンタリーは『Scott Walker: 30 Century Man』というタイトルだが、彼は時間軸的な先を行っているわけではないと思う。別の次元に進んでいるのだ。

当該ドキュメンタリーの製作総指揮はデヴィッド・ボウイだ。そのわりには、映像中で彼の曲を聴きながら、くくっと笑ってみたり、「彼が何を歌ってるかなんて興味ない」と言ってみたり、現代の日本語で言うならツンデレとでもいうような性格が見えて微笑ましいが、低音の魅力で歌い上げる痩身の美男。という点では、彼らは似ていた。いっぽうはロック歌手として、いっぽうはポップ歌手として一世を風靡し、ボウイは自らというスターをリプロデュースし続けて伝説となり、スコットは音楽を創造することに拘泥して隠匿した。ふたりは同じコインの裏と表のようだ。少なくとも、ボウイの方にはその認識はあるように思われる。

そのボウイが「再び彼を意識したのは、このアルバム」と言うウォーカー・ブラザーズの最終アルバム『Nite Flights』は、ブライアン・イーノが「屈辱を感じる」と評するような名盤だが、〈4AD〉のサイトによれば、『Bish Bosch』は「一九七八年の『Nite Flights』から彼がはじめた探求の線上にある最新作」だそうだ。

個人的に一番気に入ったのは“Epizootics!”と“Phrasing”だ。躍動する不安。とでもいうような、ねじ曲がった高揚感がある。前述の映像で最も印象的だったのは、このような音楽を作りながらも、スタジオの様子は妙に活気に溢れていたということだったが、これらの曲はその現場の風景を思い出させる。

さらに、これを書いている時点での英国は雪に覆われているのだが、“The Day the 'Conductor' Died (An Xmas Song)”があまりにも窓の外の光景にフィットして困っている。これにしろ、独裁者の処刑と臨終がテーマの一筋縄ではいかないクリスマス・ソングだが、この美しさは危ない。嵌っていると戻って来れなくなりそうなので、ぶつっと音を止めて立ち上がりたくなるほど、この世のものではない。

思えば、スコット・ウォーカーの場合、歌になっているからやばいのだ。アンビエントでもインダストリアルでもノイズでも何でもいいが、こういうのをやろうとする人たちは、今どきの世界にはけっこういる。しかし、彼の場合は本質的に歌だというのが変なのだ。まるで異次元界のひずんだ（しかし、あちらの世界ではしごくまっとうな）流行歌みたいで、オペラみたいで、聖歌みたいで、それが人間の肉声だから、人間の肉体の一部である脳がずるっと持っていかれてしまう。

もっと先へ。行けるところまで先へ。を志向する高齢アーティストを敬愛する。と以前書いたことがあるが、スコット・ウォーカーは、いったいどこまで行ってしまうんだろう。この人もまた、アラウンド・セヴンティの爺さんのひとりなんだが。
（ボウイも新譜を出すようなので、コインの裏から先に聴いたようなもんだが、こうなってくると表も楽しみだ）。

（初出：web ele-king Jan 25, 2013）

老いをロックにする

David Bowie "The Next Day"（ISO Records／ソニー）

昨年（二〇一五年）末、雑誌『ele-king』に「二〇一二年のUKはパンク前夜のようだった」と書いた。
そして二〇一三年の年頭になり、三月に発売されるというボウイのアルバムのジャケットを見た時には少なからず動揺した。下敷きに使われているのが、一九七七年にリリースされた『HEROES』のジャケットだったからである。

また、同じ記事のなかで、アラセヴ（アラウンド70）のアーティストたちについて、「前へ、もっと前へ進もうとする高齢アーティストを敬愛する。時間軸で言えば、前方とは老いであり、アンチエイジングは後退だ」とも書いた。だから、ボウイのジャケットにはいよいよ動揺した。中央の白いスクウェアのなかに『The Next Day』と記されていたからである。

いま、彼には明らかに何か言いたいことがある。と新譜発表の公式声明には書かれている。

この時代に、ボウイが言いたいこととは、何なのだろう。

ニック・ケイヴの新譜の後に聴いたせいか、一曲目の"The Next Day"が、剝き出しの骨太ロックに聞こえた。「ジョニー・ロットンっぽいと言えば言い過ぎだが、この曲のボウイにはアンガーを感じる」と、FMの深夜番組のDJは言っていた。

そもそも、わたしはボウイのファンではない。同世代のロックを聴いた人びとにありがちな、一応は聴いておかないと。的な姿勢で学習はしたが、中年（の福岡人）によくいるような、酔うとギター片手に「ジギー・プレーイド・ギーッタアアアアー」

と熱唱する元バンドマンでは間違ってもないし、もとより、ロック・スタアというもののアンチテーゼとして登場したジョニー・ロットンに生涯を捧げた女である。ボウイ様に心酔するタイプの娘ではなかったのだ。が、そのボウイ様が、アラセヴになって怒っているとはどういうことだろう。

一九七七年のボウイは、ＵＫにはいなかった。『ダブル・ファンタジー』のレノンを思い出すような美しい旋律の〝Where Are We Now?〟は、彼のベルリン時代を回顧した曲だが、このアルバムは、全編にわたって過去がちりばめられている。〝Dirty Boys〟がグラム・ロックのバッド・ボーイズを歌ったものであることは間違いないし、壮大なスタジアム・ロックの〝The Stars (Are Out Tonight)〟は『ヤング・アメリカン』を髣髴とさせる。〝Love Is Lost〟では、『Low』で使ったテクニックを再び使ってみたとトニー・ヴィスコンティが明かしているし、〝Dancing Out In Space〟は、〝ビギナーズ〟と〝モダン・ラヴ〟を思い出す。〝(You Will Set) The World On Fire〟がティン・マシーン風なら、〝Valentine's Day〟はどこかキンクスのようでいて、『ジギー・スターダスト』に入っていてもおかしくない。しかし、だからといって、ボウイ博物館のようなアルバムになっていないのは、現在のボウイの声と言葉が前面に出ているからだろう。

トニー・ヴィスコンティは、『NME』のインタヴューで、「録音中のことで何が一番記憶に残っていますか」と訊かれ、「おかしなことに、ヴォーカルがやたらとラウドだったことだ」と答えている。ボウイは部屋の隅で、十年の沈黙を吹き飛ばすように、嬉々として歌っていたという。

しかし、当然ながら、ボウイの声は加齢した。その声で、ときには弱々しい声音をわざと演じさえしながら、「Here I am. Not quite dying」、「Wave goodbye to life without pain」とボウイは歌う。これは、体のあちこちが壊れはじめる老年の言葉だ。人は老いる。というファクトの描写である。それはまるで、扉を開くと、『HEROES』の白いスクウェアの奥には、現在のボウイがいたということがわかるCD版のジャケットのようだ。

過去はあった。しかし、それは過ぎて、『The Next Day』（現在）がある。

五十周年記念のコンサートで息切れしている爺さんたちとか、ツアーでストリップしている元セックス・シンボルの婆さんとか、レジェンドたちがゴシップ広告と興行商売で稼いでいるこの時代に、いったい他の誰が、これほど聡明でクールな老いのロックを聞かせてくれるだろう。ボウイの含羞と美意識は、アンチエイジングという退行を受け容れない。「彼は、新譜の曲をライヴ演奏する気はない」とトニー・ヴィスコンティは言っている。

最後になったが、この曲について書かないわけにはいかないだろう。「そして僕たちはミシマの犬を見た」という歌詞ではじまる"Heat"のボウイは、スコット・ウォーカーかと思った。というか、わたしにはスコット・ウォーカーへのオマージュにしか聴こえない。『Bish Bosch』（二八二ページ参照）のレヴューでも書いたが、このふたりは、やはり同じコインの裏と表だ。

裏。のスコットは、異次元の世界の「もっと先へ」進んでいる。

表。のボウイは、こちら側の世界に留まり、時間軸的な「もっと先へ」進んでいる。

そういえば、ブライアン・イーノとボウイが、ウォーカー・ブラザーズの『Nite Flights』を聴いて「これ凄いよね」と騒いでいたのも、ベルリン時代だったはずだ。UKではパンクが多方面に発展しはじめていた。いろんなことがはじまった時代だった。

だが、それも過ぎ、遠い日のことになり、わたしたちには現在（The Next Day）が残されている。

（初出：web ele-king Jan 12, 2016）

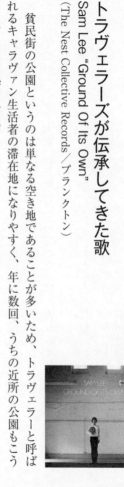

トラヴェラーズが伝承してきた歌

Sam Lee "Ground Of Its Own"
(The Nest Collective Records／プランクトン)

貧民街の公園というのは単なる空き地であることが多いため、トラヴェラーと呼ばれるキャラヴァン生活者の滞在地になりやすく、年に数回、うちの近所の公園もこうした方々に占拠される。

で、数年前のクリスマスのことだ。ちょうどその時期、トラヴェラーの方々が近所の公園に滞在しておられ、降誕祭の朝、カトリック教会のミサに大挙してやってきたのである。それでなくとも子沢山で大家族の彼らが一堂にやって来られたものだから、教会の椅子は足りない&彼らが貧民街在住者ですら気後れするようなタフでラフな雰囲気を漂わせておられるため、博愛なはずの教会でも明らかに歓迎されている風ではなかったが、彼らの方でもそれに慣れきっている様子で、ぞろりと教会後方の床の上に座っておられた。

カトリックのミサには答唱詩篇という聖歌を歌う部分があり、それは平坦なメロデイで何度も同じ祈りの文句を歌い倒す、というものなのだが、そこにさしかかったとき、聖堂の後方からこぶしの回ったバリトンで歌いあげる男性たちの声が響いてきた。

あの大地の底から沸き上がってくるような答唱詩篇は、クラシック系の声で歌われる聖歌とはまったく別ものであった。一曲の聖歌の中で、クラシックとフォークがせめぎ合っているかのようだった。クラシック風の歌唱法をしているのが前方に座っている貧民街在住者たちで、後方から野太い民族歌謡の声を聞かせているのがトラヴェラーズ。その構図も面白かった。

サム・リーは、英国内のイングリッシュ、アイリッシュ、スコティッシュ、ルーマニア系トラヴェラーのコミュニティに伝承されているバラッドのコレクターである。彼が自分の足でトラヴェラーの滞在地に出向いて行って、そこで代々歌い継がれて来た歌を学び、新たなアレンジを施して録音したものが『Ground of Its Own』だ。わたしはそれがとても好きだったので、雑誌『ele-king』で個人的な二〇一二年ベスト10アルバムを選んだとき、三位に入れた。で、そのアルバムが三月に日本でも発売されたというので、こうして再びしゃしゃり出て来てアルバム評を書いているわけだが、このアルバムを初めて聴いたとき、これはマムフォード&サンズのアンチテーゼだと思った。昨今流行のポップなネオ・フォークに対する、「どうせやるならここまでやってみろ」という力強いステイトメントに聴こえたからだ。

トラヴェラーズ。という英国社会における明らかな被差別対象の人びとが伝承してきた歌を集めてアルバムを作った、というと、ちょっとプロテスト・ソングのかほりもするが、サム・リーはそんな直情的な意思は微塵も感じさせないほどアーティーでミニマルな民族音楽の世界を展開している。そもそも、フォークのくせにギターが使われていない。サム・リーは、ギター・ベースのフォークには探求できるものはもうほとんどないと考えているそうで、"TUNED TANK DRUM"とリストに書かれている打楽器や、ジューイッシュ・ハープ（彼はユダヤ系である）、フィドル、トランペット、電子楽器などを使用しており、ギグで日本の琴を使っているのを見たこともある。クラウトロックやアンビエントと比較されるようなアレンジが施された曲もあり（"The Tan Yard Slide"の「電子と土とのせめぎ合い」みたいな静かな緊迫感と迫力は特筆に値する）、ジャズとジプシーの伝承音楽を融合させようとしているような曲もある（"On Yonder Hill"）。

とはいえ、それらのインストルメンツやアレンジメントは、単なる脇役に過ぎない。

ロンドン北部の裕福なユダヤ系家庭に生まれ、名門プライベート・スクールに通い、チェルシー・カレッジ・オブ・アートに進学した彼は、芸術系お坊ちゃまのルートを辿りながら、野生環境でのサヴァイヴァル術を教える講師となり、バーレスク・ダンサーとしても働いていたという。「乳首にタッセルを装着している女の子たちに囲まれ、楽屋のテーブルの下で昔の羊飼いたちが歌った曲を覚えていた」と『ガーディアン』紙に語った彼は、伝承歌を教わったというルーマニア系トラヴェラーの八十五歳の老女と共にインタヴューに応じたとき、老女が『Ground of Its Own』を「あなたの音楽」と呼ぶのを聞いて、「いや、あれは君たちの音楽だよ」と言い直している。

人びとに避けられ、忌み嫌われてきたコミュニティの音楽が、ひとりのミドルクラスの青年の手によって蘇る。通常、この国のソシオ階級的なものを踏まえれば、あり得ないほど特異な話だ。しかし、それを可能にしたのは双方の音楽への情熱だろうし、その階級を超えたパッションこそが、このアルバムの真の主役だとわたしは思う。

（初出：web ele-king Apr 05, 2013）

巧妙に、ふてぶてしく過去を弄ぶ

Foxygen "We Are the 21st Ambassadors of Peace and Magic" (Jagjaguwar)

なんか、PEACEというバンドがキテいるらしい。「いやー、いい」と職場の若い子たちも言うし、『NME』で彼らのレヴューを読むと、「この曲はキュアーで、あの部分はシャーラタンだし、ここはブラーじゃないか。でも所詮コピーはオリジナルには勝てない。みたいな偏狭なリスナーになってはいけない。この世に若者がいる限り、彼らは目を輝かせながら〝過去の発見〟という体験をし続ける」という主旨の長文だったので、この偏狭きわまりないばばあもちょっと聴いてみることにした。が、聴いてみると、UKのPEACEではなく、USのFoxygenのレヴューが書きたくなった。

Foxygenのほうは、そもそもタイトルがふざけている。何が『We Are the 21st Ambassadors of Peace and Magic』だ。まるで思春期のギークの内輪ギャグのような、或いはドサ回りのヒッピー系手品師のフライヤーに書かれた文句みたいである。しかも、「過去の発見をしている」点では、Foxygenのコピー量のほうが恥知らずなほど膨大だ。キンクス、ドアーズ、ヴェルヴェット・アンダーグラウンド、ピンク・フロイド、ビートルズ、ストーンズ、ボウイ、ディラン、T-Rex、プリンス、ザ・クランプス、ピクシーズ。いったいこれはロック史図鑑なのか。と思うほどである。

「この道はアリエル・ピンクやMGMTも探求している。が、Foxygenは、全部ぶち込んでやれという熱意が新しい」と『Pitchfolk』が書いていたが、これだけの総括的なぶち込みは、高度な編集の技が無ければできるもんではない。例えば、"On Blue Mountain"という曲である。ドアーズを歌うブラック・フランシスではじまったなあ、と思っているとヴェルヴェット・アンダーグラウンドになり、ストーンズも入って来た、なかなか変化に富んだ助走じゃねえか。と思っていると、いきなり白いジャンプ・スーツのエルヴィスが出て来て腰を振りながら"We can't go on together with suspicious mind"のメロディを歌い出すもんだから、なんだこの人たちはふざけていたのか。と、大笑いしてしまうのである。ここまで、一分三十秒だ。めまぐるしい。めまぐるしいんだが、実に巧妙に繋がっている。

"Oh Year"ではT-Rexとプリンスがせつなく喘いで情交しながらスタンダップ・コ

メディをやっているし、"Shuggie" はスペシャルズを歌うセルジュ・ゲンズブールではじまりながら、何故か中盤はアンドリュー・ロイド・ウェーバーの『オペラ座の怪人』になっている。

この過剰に盛りだくさんな感じで思い出すのは、英国チャンネル4の名作コメディ『SPACED～俺たちルームシェアリング～』だ。この番組を作ったメンツが、後に『ホット・ファズ　俺たちスーパーポリスメン!』や『宇宙人ポール』などの映画を世に送りだしたわけだが、彼らが世に出るきっかけとなった『SPACED』と、Foxygen の音楽は似ている。あのドラマも過去の映画へのオマージュが短いスパンで次から次に出てきた。しかも、そのめまぐるしいカットがシュールなほど芸術的に繋がっていて、巧いが故に妙におかしい。というところがあった。

また、Foxygen は、さまざまなジャンルの音楽を交尾させて見事なハイブリッド・ミュージックを創造した alt-J のレトロ版なのかという気もしている。この両者には、多種多様な音楽をディスカヴァーして目を輝かせて模倣しているだけでなく、それらを弄んでやろうというふてぶてしさが感じられる。

わたしは市井の労働者なので何のムーヴメントにも乗る必要ないし、宣伝を依頼されるわけでもないからはっきり書くが、この歳になるとべとべとにロマンティックな懐古ロックはどうでも良い。こちらのノスタルジアを、けけけ、と嘲笑ってくれるような、そんな若者の才気が、腰を押さえて「オー・マイ・バック」とか言って働いている年寄りの生活にビタミンをくれるのだ。んなわけで、インフルと腰痛に苦しんだ今年の冬（はまだ続いているが）、もっとも頻繁に聴いたのはこのふざけたアルバムだった。

ちなみに、サッチャーが亡くなった英国でも、ヒット・チャートに返り咲いているのはザ・スミスではない。『オズの魔法使い』の〝ディンドン！　悪い魔女は死んだ〟がiTunesチャートでトップ10入りしているというから、こちらもまたふざけている。

（初出：web ele-king Apr 11, 2013）

わたしも溶けます

Melt Yourself Down "Melt Yourself Down"
（Leaf）

セックス・ピストルズから脳天に風穴をぶち抜かれ、その後の人生でその穴を埋め

ようと必死で地道に生きて来たアラフィフの人間が、過去十年間で最もやられた音楽は、Acoustic Ladylandというジャズ畑の人々のものだった。ということは、昨年末の紙エレキングでも書いたところで、彼らのサウンドを髣髴とさせるというそれだけの理由で、Trio VDの『Maze』を二〇一二年私的ベスト10アルバムの一位に選んだのだったが、いよいよ本家本元のリーダーだったPete Warehamがシーンに帰還した。それも、Melt Yourself Downなどという大胆不敵な名前のバンドを引き連れて。

己をメルトダウンさせろ。とは、また何ということを言うのだろう、この人たちは。いい大人が、メルトダウンなんかしちゃいけません。

が、実際、このアルバムでは、さまざまのものがメルトダウンしている。だいたいこれ、ジャズなのか、ワールド・ミュージックなのか、ロック&ポップなのか、ダンスなのか、もうジャンルがさっぱりわからない。異種をかけ合わせて、ハイブリッドを作りました。とかいうようなレヴェルの話ではない。カテゴリーの境界線がぐにゃぐにゃになって溶解している。そもそも、レコード屋に行ったとき、何処に彼らのCDを探しに行けば良いのかわからない（ブライトンのレコ屋では、ジャズじゃなくてワールドのコーナーにあった）。

「キャプテン・ビーフハートみたい」（野田努さん）、「渋さ知らズを思い出した。高揚感ではNortec Collective」（habakari-cinema+recordsの岩佐浩樹さん）、「こっそりカン。&ジョン・ケイジも」(成人向け算数教室講師R)という、知人・友人の諸氏が連想したアーティストを並べるだけでも国籍が日本からメキシコまでバラバラだが、バンド自身は「一九五七年のカイロ。一九七二年のケルン。一九七八年のニューヨーク。二〇一三年のロンドン」がキーワードだと語っている。国境のメルトダウンである。多国籍すぎて、無国籍。みたいな。中近東のクラブのDJみたいな煽り方をするヴォーカルのKushalは、モーリシャス出身なのでフランス語&クレオール語も混ざっており、勝手に自分で作った何語とも知れない言葉を叫んだりもしているそうで、もはや言語すら溶解している。

Pete Wareham率いるAcoustic Ladylandは、実は卓越したジャズ・ミュージシャンの集団(わたしにはこの道は全くわからんので、文献に卓越したと書かれていれば、そのまま書き写すしかない)であり、二〇〇五年のBBCジャズ・アワードでベスト・バンドに選ばれている。彼らがパンク・ジャズ・サウンドを確立した2ndの『Last Chance Disco』は、英ジャズ誌『Jazzwise』の二〇〇五年ベスト・アルバムにも選ばれた。この頃はまだジャズと呼ばれていた彼らの音楽には、何か得体の知れない起爆力があった。で、その原因は各人が一流の音楽家であったからというか、素人耳にもめっちゃ巧いとわかる人々が、ぐわんぐわんにそれを破壊しようとしているというか、それは、楽器が弾けなくとも気合だけで音楽を奏でようとしたパンクとは真逆のルートでありながら、同様のエネルギーを噴出させていた。Acoustic Ladylandのドラマーだった Seb Rochford 率いる Polar Bear や、前述の Trio VDも含め、ここら辺のUKのジャズ界の人びとの音楽が、日本にあまり紹介されていないというのは、大変に残念なことである。小規模なハコでのギグなどに行くと、ちょっとやばいほど熱く盛り上がっているシーンだからだ。

白いパンク・ジャズだった Acoustic Ladyland が、いきなりアフロになって、駱駝まで引きながら帰ってきたような Melt Yourself Down は、それこそパンクからポストパンクへの流れを体現しているとも言える。Acoustic Ladyland がセックス・ピストルズだったとすれば、Melt Yourself Down はジャマイカ帰りのジョン・ライドンが結成したPiLのようなものだ。三十六分のデビュー・アルバムは、激烈にダンサブルな"Fix Your Life"から怒濤のアラビアンナイト"Camel"まで、ジャズやワールド・ミュージックはわかりづらいと思っておられる方々も、このキャッチーで淫猥な音のライオットには驚くはずだ。

ナショナリティーも、ランゲージも、カテゴリーも、コンセプトですらメルトダウンして、どろどろとマグマのように混ざり合いグルーヴしている彼らのサウンドは、レイシストとカウンターが街頭でぶつかり、世界各地で政府への抗議デモが拡大している二〇一三年夏のテーマ・ミュージックに相応しい。排他。衝突。抑圧。抵抗。憎悪。闘争。を反復しながら、世界がやがて混沌とひとつに溶け合う方向に進んでいるのは誰にも止められない。LET'S MELT OURSELVES DOWN.

（初出：web ele-king Jun 25, 2013）

彼は変わらないのに時代は変わる

Morrissey "World Peace Is None of Your Business"

(Harvest)

Swaggerという言葉がある。

英和辞書には「威張って歩く」とか「ふんぞり返って歩く様」とか書かれている。が、わたしがSwaggerという言葉を聞いて連想するのは、リングに入場する時のボクサーの姿だ。肩をいからせ、ゆらりと相手を威嚇しながら歩くボクサー。

Swaggerという言葉を思い出したモリッシーのアルバムが、これまでに二枚あった。

『Vauxhall & I』と『You Are The Quarry』である。で、『World Peace Is None of Your Business』は三枚目にあたる。どこからでもかかって来やがれ。と、にやにや笑いながら崖っぷちに立っているようなSwaggerを感じるのだ。

なぜだろう。誰もが不安になってライトウィングにレフトウィングに文字通り右往左往しているこの時代に、モリッシーは力強くなっている。

『World Peace Is None of Your Business』という象徴的なタイトル（イラク戦争の合法性が再びクローズアップされ、ブレア元首相が連日メディアに叩かれている英国では壮大な嫌味に聞こえる）の本作は、音楽的には灰色の英国を歌うモリッシー・ワールドから完全に剝離している。強烈にカラフルなのである。

スペインのフラメンコ・ギター、トルコ音楽のコブシ、ポルトガルのアコーディオンとピアノの絡み。などを随所に織り込み、ヨーロッパ大陸万歳！みたいなサウンドになっているので、ユーロヴィジョン・ソング・コンテストを見ているような感覚にさえ陥る。しかし、アンチEUの右翼政党UKIPが勢力を伸ばしている英国で、モリッシーがここまでヨーロピアンなサウンドを打ち出してくるとは面白い。

が、これは単なる偶然だろう。というのも、このアルバムを作っていた時点で、モリッシーが二カ月前のEU議会選と地方選で起きたUKIPの大躍進を予想していたとは考えづらいし、過去にはモリッシー自身がUKIPのシンパであることを表明したこともあったのだ。

けれども二〇一四年七月にこのアルバムを聴くと、UKIPの大躍進や排外主義に対するアンチ・ステイトメントに聞こえてしまう。

ラッキー・バスタード。

とは言いたくないが、周期的にモリッシーにはこういう時期がくる。彼自身が言っていることは三十年間まったく変わってないのに、英国の歴史のほうで彼を痛切に必要とする時期があるのだ。

で、もちろんモリッシーはそのことをよく知っている。だからこそ本作にはSwagger があるのだ。

世界平和なんて知ったこっちゃないだろう
決まり事に腹を立てちゃいけない
懸命に働いて、愛らしく税金を払え
「何のため？」なんて訊いちゃいけない
哀れで小さい愚民
ばかな愚民

(World Peace Is None of Your Business)

モリッシーが「人類は仲良くすることはできない」、「基本的に人間は互いが大嫌いだ」といった発言をする時、英国人は笑う。みんなそう思っているからだ。思っちゃいるが、だけど何もそこまで言わなくても。といったおかしみを感じるので笑ってしまうのだ。モリッシーのユーモアの本質はそこにある。

正義だ平和だイデオロギーだと大騒ぎして喧嘩している貴様ら人間自体が、そもそも何よりくだらない。といった身も蓋もないオチが彼は得意だ。

が、第二次世界大戦でもイラク戦争でもいい。戦争をはじめたのは、独裁者でも政府でも首相でもなかったのだ。その気になって「やったれ!」、「いてこましたれ!」と竹槍を突き上げはじめた一般ピープル(モリッシー風に言うなら、ばかな愚民)だった。そして、もし仮にまた戦争があるとすれば同じ経緯で起こるだろう。

モリッシーが政治を歌う時は凄まじい。それは、例えばU2のように人差し指を振りながら「これはいけません。ノー、ノー、ノー」とシャロウな説教をするのではなく、人間の根源的な醜さや絶望的なアホさといった深層まで抉ってしまうからだ。

「歌詞という点でいえば、モリッシーと同格に並べられるのはボブ・ディランだけ」と言ったのがラッセル・ブランドだったかノエル・ギャラガーだったか、はたまたブライトンの地べた民だったかは思い出せない。ずっとこういう英国人のモリッシー礼賛には反抗してきたのだが、「僕たちはみんな負ける―」と五十代半ばの男が反復する"Mountjoy"を聴いていると妙な気分になってきた。

Swagger は内側の怖れを隠すため
このルールによって僕たちは息をつく
そしてこの地球上には
去ることが悲しいなんて思う人間はいない

(Mountjoy)

この人はディランのように六十になっても七十になってもポピュラー・ミュージック界の老獪詩人として疾走を続けるのかもしれない。米国にボブ・ディランがいるように、英国にもスティーヴン・パトリック・モリッシーがいた。とわたしにも思えるようになってきてしまった。(後者は間違ってもノーベル賞候補にはならないだろうが)

この人たちは奈良でいったい何を

alt-J“This Is All Yours”
(Infectious Music／ビッグ・ナッシング)

（初出：web ele-king Jul 25, 2014）

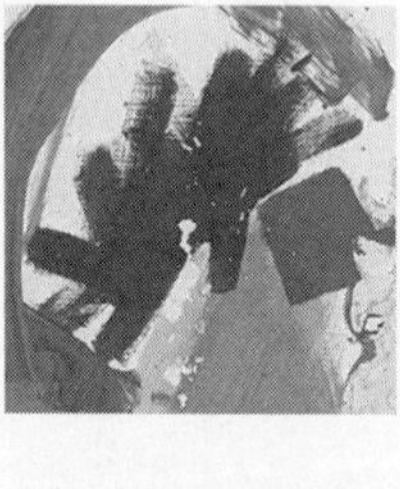

二〇一二年のマーキュリー・プライズを受賞したalt-J。というのが彼らのレヴューの普遍的なオープニング文のようだが、ele-king的にいえば、二〇一二年ele-kingベストアルバム・ランキングで十六位。わたし個人のリストでは二位だったalt-Jのデビュー・アルバム『An Awesome Wave』に次ぐ二作目が『This Is All Yours』だ。

あれ？　ほんでわたし一位は何にしてたんだっけ。と見てみると、パンク母ちゃんだのロックばばあだの言われているわりには、一位はジャズ系じゃん。と気づいたが、やっぱそれはロック系よりそっち側の人たちのほうが全然おもしろかったからだろう。が、alt-Jは相変わらずクールだ。彼らはジャズに負けてない。

だいたい日本の地名を曲の題名にするにしても、彼らは“Nara”だ。京都でも、大阪でも、神戸ですらない。緑の芝の上で鹿が寝そべっている日本の古都、奈良を背景に、ジョー・ニューマンが「ハレルヤ、ハレルヤ」と独特のとぼけた哀愁のある声で歌う。フォーク・ステップと呼ばれるサウンドを生んだバンドの面目躍如といったところだろう。実際、二曲目“Arriving Nara”と三曲目“Nara”から、最終曲“Leaving Nara”まで、どうやら本作の alt-J は、全編を通じて奈良を散策しているらしい。

ギターの音が前面に躍り出て、ピアノ、フルート、鐘の音などが印象的にちりばめられている本作は、フォーク・ステップのフォークの部分が前作より遥かに強くなっている。聴いているとサウンドから脳内に立ち上がる光景がやけに広がるようになった。というか、リスナーの意識が広がるというべきか。alt-J は本作で「マッシュルーム・ステップ」に移行した。と言う人がいるのも頷ける。チル。と呼んでしまうには、なんかこの眼前に広がる森林はドラッギーでいかがわしい。

歌詞もまた、相変わらず淫猥である。

「ハレルヤ、ボヴェイ、アラバマ／他の誰とも違う男と　僕は結婚する」（“Nara”）

アルバムの初頭では、同性愛婚を違法としているアラバマ州や共和党の創設者の一

人ボヴェイの名を出したりして、芝に寝そべる鹿を眺めながらホモフォビアについて思索しているようだ。が、奈良を去る頃には、

「ハレルヤ、ボヴェイ、アラバマ／僕は恋人のたてがみの中に深く手を埋める」（"Leaving Nara"）

と想いはしっかり遂げたようだし、

「女性の中に転がり入る猫のようにあなたの中に侵入したい／あなたをひっくり返してポテトチップスの袋みたいに舐めたい」（"Every Other Freckle"）

に至ってはもう、いったい彼らは奈良で何をしているのか。

おタクのセクシネスが濡れそぼった森林の中から立ち昇るようではないか。音楽的な実験性という点で、彼らはよくレディオヘッドと比較される。『ピッチフォーク』に至っては「レディオヘッドの二番煎じ。ギターとコンピュータが好きなUKバンド」などと乱暴に決めつけているが、わたしに言わせれば両者は似ても似つかぬ別物だ。

alt-Jには、独りよがりではない、コミュニケイト可能な官能性があるからである。

「ギターとコンピュータが好きなＵＫバンド」と『ピッチフォーク』が呼ぶジャンルの音楽、即ちナード・ロックを大人も聴けるセクシーな音楽にしたのは alt-J である。

alt-J の音楽は七〇年代のプログレッシヴ・ロックともよく比較される。が、わたしにとってプログレと alt-J もまったくの別物だ。alt-J の醒めた目で細部までコントロールし尽くしたサウンドは、自己耽溺性の強いプログレとは異質のものだからである。

前衛的インディー・ロックをすっきり理性的なポップ・ミュージックにしたのも alt-J なのである。

今年のＵＫロックは団子レース状態で似たりよったりゴロゴロ転がっていた。としか言いようがない。が、わたしは alt-J には大きな期待を寄せている。

セクシーさというのは、知性ではなく、理性のことだな。と最近とみに思うからだ。

そして蛇足ながら、『ピッチフォーク』の評価とＵＫ国内での評価が極端に違うＵＫバンドや個人ほど見どころがある。ということはもう広く知られていることだろう。

（初出：web ele-king Oct 29, 2014）

「ゴム手袋の拳」大賞
Sleater-Kinney "No Cities to Love"
(Sub Pop／トラフィック)

伝説のバンドのカムバック盤はクリーンでタイトになりがちだ。ミドルエイジになっても健在。みたいな、元気でわかりやすい音にしたほうが売れるからだろう。だから、十年の沈黙を経て帰って来たスリーター・キニーの新譜が、前作『The Woods』で閉じた本の、まったく同じページからのやり直しになるわけがなかった。「とにかく良いロック・ソングを作る」というベーシックに戻った新譜は『Dig Me Out』、『All Hands Are On the Bad Ones』辺りを髣髴とさせる。

しかし「クリーンでタイト」もやり過ぎるとバンド独特のテイストが希薄になるもんだが、スリーター・キニーの場合は逆に濃厚になっている。アクロバティックに尖ったギターの不協和音、ザ・ストーン・ローゼズのレニかと思うぐらい多才なドラム、そしてハスキーさに肝の据わりを加えブルージーにさえなったヴォーカルが、個別に

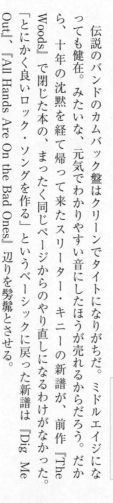

も、バンドとしても、ばーんとスケールアップしていて冒頭から「お。」の声が出る。過去四作を手掛けたプロデューサー、ジョン・グッドマンソンがこれまで以上の仕事をしている。そうか。関係者も含めてみんな加齢したせいかもしれない。年を取ると余計なことを考えなくなるからだ。十曲で三十二分（日本盤は十一曲らしい）。見事に迷いも無駄もない。

他所で書いた与太話だが、二〇一五年はワーキングクラスのミドルエイジの女たちが政治を変えるという説がある（提唱したのはわたしではない。ジャーナリストのオーウエン・ジョーンズだ）。昨年、UKで草の根の運動を起こして成功したのは下層の女たちだった。運営打ち切りのシェルターから追い出されたホームレスのシングルマザーたちが公営住宅を占拠して自分たちでシェルターを作ったり、公営住宅が投資ファンドに売り飛ばされて退居を迫られたお母さんたちが抗議運動を展開し、ついに投資ファンドが公営住宅を手放した件など、市民運動は成功しないという近年の常識を覆し、彼女たちは現実に求めるものを手に入れたのである。

そして今話題の、反緊縮の急進左派が政権を握って（しかも右翼政党と連立を組んで）EUにタイマンを張るというとんでもないパンクな状況になっているギリシャでも、選挙運動中に左派を象徴するシンボルになったのは、アテネの財務省の前で座り込みを続けた元清掃作業員の失業した女性たちだった。彼女たちは役所の前にキャンプを張り、警察の威嚇にライオットし、粘り強く権力に拳を上げ続けた（彼女らが使ったポスターには、ゴム手袋をはめた拳が描かれていたそうだ）。

この地べたの女たちの怒りと底力。それはミニスカ姿のテイラー・スウィフトやパリコレでプラカードを掲げて行進したスーパーモデルたちが体現できる類の「女性の力」ではない。サヴェージズだって詩的に構えすぎる。こんだけフェミニズムがどうのと言われてるわりには、ゴム手袋をはめた拳のサウンドトラックが見当たらなかったのだ。

私はアンセムじゃない　かつてはアンセムだった
それは私のことを歌っていた
でも今は　アンセムが存在しない
聞こえるのは残響　鳴り響く音

（"No Anthems"）

その残響をリアルに変えるのだというロマンティックな使命が彼女たちの中にあったのではないか。

“Surface Envy”やタイトル曲“No Cities to Love”などはそれこそ堂々たるロック・アンセムだし、プラスティックなギャング・オブ・フォーみたいな“A New Wave”のソリッドなグルーヴ、Wギターとドラムとヴォーカルが五匹の蛇のようにタイトに絡み合って一本の太いロープになって飛び跳ねている“Bury Our Friends”など、ベースレスのバンドがなんでここまでどっしりしているのか。なんかこう、音に覚悟がある。若い頃に弄んだスカスカした洒脱さを、帰って来たスリーター・キニーはどっしりとした覚悟で置き換えている。

息子の学校の保護者会に行ったらそこら中にいそうな感じの風貌になった三人組がこんな音楽を奏でているというのがまたいい。これを聴いた後では今年はロックが聴けるのかしらん。と不安になっている。二〇一五年の「ゴム手袋の拳」大賞は早くも決定した。

（初出：web ele-king Feb 12, 2015）

やけに真摯に聞こえる言葉

Sleaford Mods "Key Markets"（Harbinger Sound）

Key Marketsというのはジェイソン・ウィリアムソンが子どもの頃に母ちゃんに連れられて行ってたスーパーの名前ということだが、ダブルミーニングなのは間違いない。最近、英国の政界を震撼させているジェレミー・コービンという爺さんがいて、彼のことをテレビで評論家が語っていたとき、「彼はＰＲの賜物ではないが、まるでＰＲで作り上げた政治家のようによく出来ている。Key Marketsに間違いなく受けるキャラ」みたいなことを言っていて、いやーついに政治家を語る時にも「基幹市場」なんて言葉を使う時代になったか。いよいよ政治家も商品か。と感心したものだが、本作にはそういうことに対する憤懣がたぎっているように感じられた。

あれは五月の総選挙直前。ある新聞が、労働党のミリバンド前党首が間抜けな顔をしてベーコンサンドウィッチを食べている写真を一面に大アップで掲げ、「こんな不細工な男が首相になってもいいのか」と言わんばかりのアンチ・キャンペーンを張った。これに激怒したのがコメディアンのラッセル・ブランドで、「顔の美醜をどうこうしてメディアが選挙前に世論操作しようとするようなアホな時代が来たか」と嘆き、「投票しない主義」から劇的なUターンを果たして労働党支持に回った。一部の英国の若者たちは、自分が変な顔をしてサンドウィッチを食べているセルフィー画像を続々とツイッターに投稿してミリバンドを擁護した。

が、ジェイソンにはそういう慈悲心はなかったようだ。ミリバンドもまた、まるで保守党のような政策しか打ち出さない中道主義という「基幹市場」向けに売り出された（で、売れなかったが）商品だったからだ。

「ミリバンドが不細工だといじめられた／それがどうだってんだ／あの甲高い声のクソたれが／国をズタズタにしようとしているのは見え見え」（"In Quiet Streets"）

エスタブリッシュメント政治に対するカウンターになる党。なんつうことを言って十年前には市民を期待させた（ブライアン・イーノまで期待させた）自由民主党のニック・クレッグが、つるっと五年前に保守党と連立を組んで政権に就き、エリーティズム全開の政治を行ってきたことへの恨みもジェイソンは忘れていない。

「ニック・クレッグはもう一度チャンスが欲しいとよ／はあ？」（"Face to Faces"）

現在の英国で、総選挙について歌ったりするのは彼らぐらいのものだ。いつも卑語を連発し飲んだくれているようなイメージだが、彼らはいまどき珍しいほどストレートに政治的だ（最近のインタヴューを読むと、ジェイソンは選挙でみどりの党に入れたそうだが、結果を見て労働党に入れるべきだったと後悔している）。

昨年（二〇一四年）まで地方公務員だったジェイソンが、何の部署で働いていたのかわたしは最近ようやく知った。ノッティンガム・ポスト紙のインタヴューを読むと「ベネフィッツ・アドバイザー」だったそうだ。要するに、生活保護や障害者手当などを受けに来る市民の相談窓口に座っていたらしい（ちょっと職安で働いていたイアン・カーティスを思い出させる）。ということは、彼も、本書第一章を書いた頃にわたしが経験したような日々を送りながら、物凄くムカついたり嫌な気分になったりしながら働いていた筈である。五年前に保守党が緊縮政策をはじめてからは、英国の役所でも相談者を追い返す水際作戦が展開されているようなので、ジェイソンもそんなことをしていたのかもしれない。

「何もせずに貰える金だぜ、兄ちゃん／ただこのフォームに記入するんだ／できなければ助けてやるから」（"Face to Faces"）

あの世界で働いた人間は、政治について考えてしまうだろう。それはよくわかる。破天荒。とか、やさぐれ。とかいうより、わたしには彼らの音楽はやけに真摯に聞こえるのだが、その理由がようやく理解できた。

音楽的には前作から大きく飛躍して、とかいうタイプの人びとではないので、安定のスリーフォード・サウンドだ。〝Tarantula Deadly Cargo〟を聴いてThe Fallの『Dragnet』とかを思い出してしまうのはやはりわたしが高齢者だからなんだろうが、アンドリュー・ファーンのトラックを聴いていると、七〇年代パンクのバンドがイントロのベースとドラムだけを延々と続けているというか、普通はその部分は数秒で終わってすぐにギターがぎゃーんと派手に入って来るものなのに、いつまで経ってもそれが入ってこない、みたいな、リズム隊だけがループ反復するアンチ・カタルシス感はアンチ・パンクみたいでもある。

まあでも、七〇年代パンクなんてのも大いなるカタルシスを約束しているように見えたがほんとは全然くれなかったムーヴメントだし、プロによるロックやパンクはいまでも、そこでギターがぎゃーんと入って来て、的な古典的フォーマットを保って「基幹市場」に売り出されているが、もともとは餅屋が焼いてない餅こそがパンクだったのである。
そんなわかりきった展開で Key Markets をなめくさるなよ。という動きがＵＫ政治では盛り上がってるんだが、音楽はどうなるんだろうなあと思って見ている。

（初出：web ele-king Aug 17, 2015）

世界にいま必要なもの

PiL "What the World Needs Now"（PiL Official）

「PiL の新譜はスリーフォード・モッズみたい」
と言ったのは野田努さんだが、わたしはこうお答えしたい。
「違います。PiL のがキュートです」

前作以上にポップな仕上がりで、時にアンセミックだったり、ちょっぴりおセンチだったり、キャッチーなメロディーが頭の中をぐるぐる回って出て行かなくなる。
"The One" は T-Rex みたいだし、"Spice of Choice" のコーラスはもしかしてボウイを意識した？　みたいな感じもあって、カラフルなジュークボックスのような仕上がりだ。そういえば前作の『This is PiL』が出た頃、BBCラジオでライドンがDJを務めたことがあって、番組でもT-Rexもかけて大好きとか言ってたしなー。パッツィー・クラインとか、ジム・リーブスとか、ペトゥラ・クラークとかガンガンかけてたし、五〇年代後半から六〇年代にかけてのポップスの影響ってのは、パンクやポストパンク世代のミュージシャンには大きくて、子どもの頃に聴いた音楽だけにソングライティングの基盤になっているというのはよく言われる点だけれど、ライドンも、実はモリッシーに勝るとも劣らないぐらい古い歌謡曲が好きだったんだなーということをしみじみ感じるアルバムだ（と言っても、もちろんそれはPiLのレベルで、ということなんでいきなりポッピー&ハッピーなアルバムを期待されても違うが）。

昨年（二〇一四年）出たモリッシーのアルバムは「世界平和なんて知ったこっちゃないだろう」というタイトルだったが、ライドンは「世界にいま必要なもの」だ。

移民は欧州をめざして前代未聞の数で大移動しているし、キャメロン首相はシリアでドローン飛ばして英国人ジハーディストを殺してるし、いったいこの怒濤の如き世界に、いま必要なものって何なんですか、先生。と、思いながらその言葉に耳を傾けてみる。

「便所がまたぶっ壊れた／修理したばっかだぞ／また配管工を呼ばなきゃ／そしてまた、そしてまた／そしてまた、そしてまた／そしてまた」（"Double Trouble"）

「お前の言うことはボロックス／それはすべてボロックス／お前のファッキン・ボロックス／ナンセンス　お前のボロックス／ボロックスにうんこを二つ／人間なんてボロックス〃世界にいま必要なのは／もう一つファック・オフ」（"Shoom"）

先生はどうやらふざけておられるようだ（ボロックス連発の歌を聞いた九歳の息子とその友人が床にひっくり返って笑っている）。

『UNCUT』という中年向けロック雑誌に出ていたインタヴューでライドンはこんなことを言っていた。

「PiL は端的に言えば音楽じゃない。継続的な創造活動を入れるポットだ。そして俺が探究しているのは自分の内面。自己解剖っていうか」

ロックとかパンクとかいうジャンルが様式重視型の芸術の一形態になるにつれ、それが＋αの力を持っていた時代にパイオニアとして活躍したおっさんたちの近況を見ていると、年を取るとすぐ「劣化した」と言われて誰もがアンチエイジングにしゃかりきになるこの時代、ロックであるということは、即ち反骨するということは、「老いを晒す」ことではないか。それ以外にロックなんて、もうないんじゃないか。と思うことがあるんだけれども、ライドンが「自分を解剖する行為」と言っている音楽はまさにそのことのようだ。

ジャケットに使われているライドン画伯の絵で、「What the World Needs Nowxxx（キスキスキス、とxが三つも入っているというキュートさだぞ）」の文字の真下に立っている彼の自画像が、右手に地球を下げ、左手にPiLのシンボルマークを掲げていることから察して、世界にいま必要なものはPiLだ。ということなのだろう。で、現時点でのPiLが世界にオファーしているのがユーモアとかわいらしさだとすれば、それは例えばジェレミー・コービンの薔薇とそれほど離れたものでもないかもしれない。だってキュートな画伯はこんなことも仰っておられるのだからxxx「グローバル・ヴィレッジじゃなくて／一つの地球／ちっぽけで哀れな無数のヴィレッジが／二十一世紀のサヴァイヴァル法を学んでるんじゃなくて／第三次世界大戦は目前／どうやら人間はヒューマニティーが大嫌いみたいだから〃おお我らに憐れみを／俺らは次の世紀に達することができるのか？」（“Corporate”）

英国に止まない雨が降った朝
RIP David Bowie

（初出：web ele-king Sep 18, 2015）

ある雑誌の企画で「いま一番聴いている五曲」という調査に参加することになり、アンケート用紙に記入してメールした後、酒を飲みながらボウイの新譜を聴いていた。「いま一番聴いている五曲」の中にも、『Blackstar』収録の〝'Tis a Pity She Was a Whore〟を入れた。過去と現在の音をカクテルにしてぐいぐいかき混ぜながら、確かに前進していると思える力強さがある。みたいなことをアンケートには書いておいた。

そして新譜を聴きながらわたしは眠った。が、朝五時に目が覚めてしまった。まるで天上から誰かが巨大なバケツで水をぶちまけているかのような雨が降っていたからだ。雨の音で目が覚めるというのはそうある話ではない。こんな怒濤のような雨が降り続いたら、うちのような安普請の家は破れるんじゃないかと本気で思った。

妙に真っ暗で、異様なほどけたたましい雨の降る早朝だった。

しばらく経つと電話が鳴った。時計を見ると六時を少し回っている。受話器を取るとダンプを運転中の連合いだった。

「ボウイが死んだ」

「は？　ボウイって誰？」

そんな変な名前の友人が連合いにいたっけ？と思った。最近やけに死ぬ人が多いので、また誰か逝ったのかと思ったのだ。

「ボウイだよ、デヴィッド・ボウイ」

と言って、連合いは電話口で“Space Oddity”を歌いだした。

「えっ」

と驚いて「いつ？」と訊くと、

「いまラジオで言っている。公式発表だって」

と連合いが言った。

頭がぼんやりしていた。意味もなく、いまＵＫで連合いのように“Space Oddity”を歌っている人が何人いるのだろうと思った。

以前も書いたことがあるが、わたしはボウイのファンではない。そもそもロックスタアの逆張りとして登場したジョニー・ロットンを生涯の師と定めた女である。だから彼の音楽も「まあ一通り」的な聴き方をした程度だし、同世代の女性たちのように麗しのボウイ様に憧れた思い出もない。

寧ろ、彼の音楽に本格的に何かを感じ始めたのは前作の『The Next Day』からである。

アンチエイジングにしゃかりきになっているロックスタアたちへの逆張りを、誰よりもロックスタアだったボウイが始めたように感じたからだ。

彼は老いることそのものをロックにしようとしていると思った。

絶対にロックにはなり得ないものをロックにしようとする果敢さと、その方法論の聡明さにわたしは打たれた。だからこそ、二〇一三年以降は、「いま一番ロックなのはボウイだ」と酒の席で言い続けてきたのだ。

権力を倒せだの俺は反逆者だの戦争反対だのセックスしてえだの、そういう言葉がロックという様式芸能の中の、まるで歌舞伎の「絶景かな、絶景かな」みたいな文句になり、スーパーのロック売り場に行儀よく並べられて販売されているときに、ボウイは「老齢化」という先進国の誰もがまだしっかり目を見開いて直視することができないホラーな真実を、ひとり目を逸らさずに見据えている。そんな気がしたのである。

しかもまたボウイときたら、それをクールに行うことができた。

新譜収録の〝Lazarus〟のPVの死相漂うボウイの格好良さはどうだろう。

プロデューサーのトニー・ヴィスコンティは「彼の死は、彼の人生と何ら変わりなかった。それはアートワークだった」と語っているが、ボウイは自らの死期を知っていて、別れの挨拶として新譜を作ったという。リリースのタイミングも何もかも、すべてが綿密に計画されたものだった。

思えば二年前。クール。というある世代まではどんなものより大事だったコンセプトを復権させるためにボウイは戻って来たのではなかったか。

そのコンセプトというか美意識がずぶずぶといい加減に溶け出してから、世の中はずいぶんと醜悪で愚かしい場所になってしまったから。

ボウイのクールとは、邦訳すれば矜持のことだった。

ざあざあ止まない雨の中を、子どもを学校に送って行った。

息子のクラスメートの母親が、高校生の長男がショックを受けていると言っていた。

「彼にとって、なんてひどい朝なんでしょう。起きて一番最初に耳にしたのが、自分が知ったばかりの、大好きになったばかりのヒーローが亡くなったというニュースだなんて」

そう彼女は言った。

ああそう言えば、日本に送ったアンケート用紙のボウイに関する記述を過去形に訂正しなくては。と思った。

ざあざあ止まない雨が降る空は、明るいわけでも暗いわけでもなく、幽玄なまでに真っ白だった。

（初出：web ele-king Jan 12, 2016）

ブレグジット後の英国の歌

Jake Bugg "On My One"

（Virgin EMI／ユニバーサル ミュージック）

EU離脱を決める国民投票で、英国の若者たちの約七五％が残留に票を投じたことは世界中で報道された。貧しい北部の労働者階級が離脱に、豊かな南部のミドルクラスが残留に多く票を投じていたことも話題になった。

つまり、こういうことだな。と世界の人々は考えた。

下層のバカな中高年が、ありもしない「英国の栄光」みたいなものにすがって、右翼のプロパガンダに騙されて排外主義に走ってしまったのだ。だが、彼らの愚行の最大の被害者は若者たちである。バカな大人たちが若者たちの未来を奪ったのだ。と。

しかし、英国ではその後、もう一つのファクトも明るみに出ている。全国における十八歳から二十四歳の若者の投票率はわずか三六％だった。「投票に行った若者たち」の約七五％が残留に票を投じたのは事実だが、それは三六％のうちの七五％に過ぎない（つまり、若者全体の二六％が残留に票を投じた計算になる）。

十八歳から二十四歳までの英国の若者たちの六四％は、投票にさえ行かなかった。北部の貧しい地域では、若年層の投票率が特に低かったこともわかっている。

わたしがジェイク・バグを初めて見たのは、二〇一一年、ＢＢＣ「News Night」のカルチャー・レヴューで彼が歌ったときだった。最近アーカイヴを見ていてわかったのだが、それは識者たちが「ロンドン暴動とユース・カルチャー」についてディベートした回だった。

評論家や学者の議論が終わった後で、まるでうちの近所にいるティーンの一人のような少年がギターを抱えて出てきて、妙に醒めた目つきで弾き語りを始めた。わたしは彼の歌に衝撃を受けた。「公営住宅地のボブ・ディランだ」と思った。

ロンドン暴動の特集なら、どうしてラッパーを出さなかったのだろう。とも思う。が、その疑問を解決するのが、昨年発表されて話題を呼んだカナダの大学教授の研究結果で、それによれば、いまやロック（インディー含む）やレゲエはソーシャル・エリートの聴く音楽になり果て、下層民の御用達ミュージックはラップやカントリーになっているという。

なるほど。公営住宅地にディランが出てくるわけだ。

今年（二〇一六年）六月リリースのジェイクの三枚目『On My One』は、すこぶる評判が悪かった。あまりにも鮮烈だったファースト、賛否両論だったセカンドの後で、満を持して発表したセルフ・プロデュースの三作目だ。期待は大きかった。が、はずれ感も大きかった。

「がんばり過ぎた。ラップに挑戦したのはレコード会社の干渉があったからではないか」と『NME』は評し、「『On My One』は、若い青年が暗闇の中で必死で自分のアイデンティティを摑もうとしているような印象で、近年の音楽界で最も不可解な楽曲のセレクション」と『ピッチフォーク』は首をひねった。「愛すべき曲もあるが、いくつかの曲は聴いているほうが恥ずかしくなる」と、本物のワーキングクラス・ヒーローとジェイクを讃え続けてきた左派紙『ガーディアン』も手厳しい。

各方面からこきおろされている"Ain't No Rhyme"ではジェイクがラップをやってみた。"Bitter Salt"はボン・ジョヴィで、"Gimme the Love"はカサビアンじゃないかと言われた。"Never Wanna Dance"に至っては、マーヴィン・ゲイのしょぼい田舎のコミュニティセンター・ヴァージョンとまで茶化された。

正直、わたしも一聴したときには感心しなかった。が、六月十七日に発売されたこのアルバムの聴こえ方が、二十三日のEU離脱投票を経た一週間後にはまったく変わっていた。

いまやミドルクラストンベリーと呼ばれるようになったグラストンベリー・フェスティヴァルで、俳優夫婦の息子が率いるThe 1975というバンドが、「大人たちが俺たちから未来を奪った」と発言し、貧民街のガキにはとても手の届かない金額のチケットを買って集まった若者たちを沸かせた。

彼らは英国の若者の代弁者だと新聞に書かれていた。

わずか二六％の声を代表する者がどうして代弁者と表現されうるのか、メディアの偏向はいつだってローカルな真実を黒く塗り潰す。

むしろ投票に行かなかった者たちこそが英国の若者のマジョリティーであり、その声を代弁するアーティストこそが時代のサウンドを奏でられるのだ。本当はそれができる若きポップスターが何人もいるべきなのに、たった一人しかいないということが、階級が絶望的なほど固定化した現代の英国を象徴している。

英語圏で暮らす人なら一日に何度も口にしているだろう言葉「On My Own」は、「自分で」「たった一人で」という意味だ。

英国で最も失業率の高い地域の一つである北部の町、ノッティンガムの方言では、それが「On My One」になるという。

「僕はただの貧しい少年／ノッティンガム出身の／夢は持っていた／だけどこの世界では　消えてしまった　消えてしまった／僕はたった一人で　こんなにも孤独」(“On My One”)

ブレグジット後の英国の若者の歌を一曲あげろと言われたら、わたしは迷うことなくこのアルバムのタイトル曲を選ぶ。

（初出：web ele-king Sep 16, 2016）

文庫版あとがき

わたしはほぼ半世紀を「物を書かない人」として生きてきた人間です。だから執筆業が自分の天職とは思っていません。そもそも、そういう人だったらもっと早く書き始めていたはずだし、そうならなかったということは、いま物書きの仕事をしているのは「たまたま」のなりゆきなのです。

そんなわけで、物書きになるまでわたしはいろんな仕事をしてきたわけですが、本書にはわたしが保育士をしていた時代に書いたものが多く収められています。

それは「底辺託児所」とわたしが勝手に呼んでいた無料託児所と、そこを辞めた後に別の保育園に勤めていた頃です。これらの職場には早番、遅番、のシフトがありましたが、本書に収められた文章（ele-king の雑誌版、ウェブ版に掲載されたもの、あるいは自分のブログに書いていたもの）の大半を書いていたのは、だいたい遅番の日でした。

シフト開始までの時間に公園のベンチに座ったり、マクドナルドでコーヒーを飲んだり、あるいは海岸に座って丸々と太った鷗《かもめ》を見つめながらこれらの文章をしたためていました。あの頃は何でも自由に、好きなことを好きなように書きなぐることができました。これで生計をたてているわけじゃなし、いつだって辞めてやる。そんな気分で書くことを楽しんでいました。

そうした時期に書かれたものをいま読み返すと、はっきり言って玉石混交です。「石」と思えるものは、下手だったと笑って済ませておけばいいのですが、困惑するのは「玉」が混ざっていることです。しかも、いまのわたしは、なぜかその「玉」に激しい嫉妬をおぼえてしまうのです。

それはたぶん、こんなものはいまはもう書けないだろう。と思うからでしょう（例えばこの文章のように途中で「。」が入るようなものはもう書けません。いろんな人の手が入るうちにいちいち「これでいいんです、わざとやってるんです」と説明するのが面倒くさくなって、もうどうでもいいや、ほかに書かなきゃいけない原稿もあるし、となってしまって「じゃあ、あなたがたの仰る通り『、』にしてください」と適当に流すようになっているからです）。

「餅は餅屋に」とよく言われます。

が、ティーンの頃にパンクのＤＩＹスピリットにやられてしまったわたしにとっては、餅屋が焼かない餅こそがすべてだったはずなのです。

しかし、わたしはいつの間にか餅屋になろうとしていなかったでしょうか。というか、別に餅屋になる気もないんだけど、いちいち戦うのも面倒くさいから餅屋の商品っぽい餅を焼き始めていなかったでしょうか。

本書に収められた文章は、わたしにそんな猛省を促しました。

自分勝手に焼いた餅は、餅屋の商品のように食べやすくありません。ボリボリ機嫌よく食べてたら急に硬いものが混ざってて、歯に響くというか顎に激痛が走るというか、なんじゃこりゃといっぺん指で口から出してみなければいけないかもしれません。「玉」というのは、おそらくそのゴリッと硬い、容易には飲み込めない何かに違いないのです。

たまたま(いや、ダジャレではありません)わたしはまだ売文生活をしています。そしてこの仕事を続ける限り、折に触れ、戻ってきては読み返すだろう文章がこの本にはいくつか含まれています。きっとそうする度にわたしは嫉妬し、くそったれ、いつでも辞めてやる。ノー・フューチャー。と思うことになるのでしょう。

そしてその覚悟こそが「玉」を書くための条件だったと思い出し、またふり出しに戻るのです。

二〇二二年三月

ブレイディみかこ

本書は二〇一三年十一月、株式会社Pヴァインより刊行された『アナキズム・イン・ザ・UK——壊れた英国とパンク保育士奮闘記』の後半の章「Side B : Life Is A Piece Of Shit——人生は一片のクソ」を中心に、「web ele-king」「THE BRADY BLOG」からも収録、加筆したものです。

ジンセイハ、オンガクデアル
――LIFE IS MUSIC

二〇二二年六月十日　第一刷発行

著　者　ブレイディみかこ
発行者　喜入冬子
発行所　株式会社　筑摩書房
東京都台東区蔵前二―五―三　〒一一一―八七五五
電話番号　〇三―五六八七―二六〇一（代表）
装幀者　安野光雅
印刷所　三松堂印刷株式会社
製本所　三松堂印刷株式会社

ISBN978-4-480-43808-9　C0195

ちくま文庫